AF143829

RAYMOND GUEGAN

ARCHIBALD
dans la vie

où
L'ENFANT DU VOYAGE
tome 2

© 2024 RAYMOND GUEGAN
Édition : BoD • Books on Demand
GmbH, In de Tarpen 42, 22848
Norderstedt (Allemagne)
Impression : Libri Plureos GmbH,
Friedensallee 273, 22763 Hamburg
(Allemagne)
ISBN: 978-2-3225-5570-3
Dépôt légal : Août 2024

Il y a bien longtemps déjà que j'avais passé de merveilleuses vacances dans ce village de Vic-Sur-Cère.

Il faut voir ses paysages, ses falaises et ses ruisseaux au bord des sentiers fleuris, ses burons à flanc de montagne dans des prairies belles comme des théâtres de verdure d'où s'élèvent les mélodies des clarines, ses forêts de chênes, de hêtres, de pins , etc...

Ce sublime décor sera celui de cette fiction, vie imaginaire de Archibald « l'enfant du voyage », devenu adolescent, jeune homme puis adulte, et qui a sillonné ces routes des Monts d'Auvergne avant d'entrer dans une vie d'aventures, de courage, de travail, d'amour et de réussite dans son immuable souci d'altruisme.

Raymond Guégan

Toute ressemblance avec des faits ou des personnages existants ou ayant existés serait purement fortuite et totalement indépendante de la volonté de l'auteur.

- ARCHIBALD dans LA VIE -

Ce jour là était un mardi, un jour de marché où il y avait bien peu de monde sur cette place balayée par un fort vent froid venant du nord. Archibald blotti et prostré dans son angle de murs regardait avec des yeux hagards ces femmes aux regards tristes, emmitouflées dans des manteaux sans chaleur, une écharpe autour de leur cou, un bonnet sur la tête, le visage ridé, tenant de leurs mains glissées dans de pauvres mitaines en laine leur panier, et qui allaient vite acheter quelques provisions aux paysans du village ou autres marchands.

Archibald pétri de froid dans ses pauvres hardes d'enfant du voyage était malheureux, angoissé, revivant sans cesse son rêve de la nuit devenu cauchemar, dans une profonde douleur. Son réconfort était de savoir que le Monsieur Marin était toujours bien vivant et que sa mort n'était que la fin tragique de son rêve, de ce rêve irréel qui pourtant dans sa réflexion lui faisait croire que certaines choses étaient des vérités heureuses pour certains, mais hélas bien tristes pour beaucoup d'autres, comme lui, sa famille, ces gens du voyage, ces gens et ces enfants des campagnes ou des petits villages où elles étaient souvent malheureuses.

Il était traumatisé par l'idée de ces enfants imaginaires qu'il avait vu travailler dans des mines de charbon ou sous des métiers à tisser, mais il n'avait aucun doute sur les enfants qu'il pouvait voir chaque jour au hasard de ses routes, travailler durement aux champs ou sur des chantiers à pousser des brouettes bien trop remplies et trop pesantes, manipuler de lourdes charges et faire d'autres travaux qui n'étaient pas de leur âge.

Lorsqu'il faisait très mauvais temps il en voyait certains aller à l'école du village, mais dès qu'il faisait meilleur temps ils étaient de nouveau au travail de tôt le matin à tard le soir.

Archibald réfléchissait à sa propre situation, à son propre sort, se rendant compte qu'il était toujours à voyager sur les routes d'Auvergne et d'ailleurs sans jamais pouvoir se présenter dans l'une de ces écoles pour s'instruire un peu et qu'il ne lui était toujours pas possible de lire ni d'écrire le nom des communes qu'il traversait avec sa famille et que tous ne pouvaient que mettre en mémoire les noms ou les lieux qui leurs étaient donnés que par des images fortes, un monument, un calvaire, une église, une rivière, une lumière, une couleur, etc...

Il décidait à ce moment là de vouloir lui aussi aller à l'école du village et que ce soir en mangeant leur maigre repas il parlerait de tout ça car il avait vu dans son rêve que les gens qui avaient été à l'école étaient heureux, avaient de beaux métiers, réalisaient de grandes choses, du beau travail, vivaient dans de belles maisons où ils mangeaient de très bonnes choses, alors il voulait lui aussi apprendre, savoir, réaliser de mêmes belles choses, de belles actions dans la vie, devenir riche, avoir une vie sans misère et offrir beaucoup de bonheur à ses parents et à ses cousins.

De retour à la roulotte le marché fini, où il n'y avait eu ni vente ni recette, c'était donc d'un bien modeste plat qu'il fallait une nouvelle fois se contenter, renforçant plus encore son désir et sa volonté de prouver sa nécessité, son besoin d'apprendre et quand il aura appris beaucoup de choses il fera un bon métier, gagnera beaucoup de sous pour les aider à bien vivre et à être heureux.

Pourtant il pensait aussi qu'il ne pourrait peut-être pas réussir tout seul, qu'il aurait sans doute besoin d'être aidé pour convaincre ses parents, ses cousins, et que pour cela il imaginait aller voir Monsieur Marin, le monsieur qu'il connaît un peu car un jour il leur avait conter l'histoire du village, des histoires sur de grandes maisons bourgeoises, puis il le rencontrait souvent aussi sur le marché, à l'église pour la veillée de Noël avec sa famille où ils avaient la joie et l'honneur d'interpréter les merveilleux chants de Noël.

Fort de toutes ses pensées et de ses convictions, il se réconfortait, reprenait confiance en lui dans l'attente du moment qu'il choisirait pour parler de son rêve, de ses souhaits, de sa volonté, de ses ambitions, avec ses mots et ses expressions d'enfant, de fils de saltimbanques, d'enfant nomade qui ne savait rien de ce qu'il y avait à apprendre dans une école, mais qu'il voulait savoir.

Le papa et les cousins rentraient de leur journée de travail vers les sept heure du soir. Une heure plus tôt il avait allumé comme souvent un feu de bois près des roulottes pour faire beaucoup de braises afin de cuire quelques patates et quelques châtaignes pour manger le soir.

A leur retour, l'enfant se montrait très gentil, peut-être encore plus affectueux que d'habitude un peu anxieux, mais déterminé et confiant.

Chacun racontait sa dure journée dans le froid tout en mangeant une maigre assiette de soupe au choux où l'on faisait tremper du pain dur, puis arrivaient les patates comme il disait et qu'il était fier d'avoir fait cuire juste à point.

Son papa et le cousin Bébert le félicitaient gentiment. Profitant de cette amabilité, l'enfant disait alors que dans la nuit il avait fait un beau et grand rêve et qu'il voudrait leur raconter tout ce qu'il avait pu voir avec des choses que l'on ne connaissait même pas.

Chacun l'écoutait attentivement sans pouvoir imaginer un seul instant que ce rêve, ces visions de grandeurs, ces réalisations modernes, ces grands monuments, cette vie avec autant de richesse soit réellement possible.

Ses parents, Yoyo sa maman, Nono son papa, Lulu et Margot, ses parrain et marraine se réjouissaient de l'écouter et de l'entendre parler ainsi avec autant de joie, d'enthousiasme, de bonheur et de conviction, mais le réfractaire cousin Bébert ne partageait pas du tout leurs sentiments et demandait même s'il n'était pas devenu un peu fou pour penser des bêtises pareilles qui ne ressemblaient à rien, n'avaient aucun sens et ne pouvaient même pas exister.

Le papa demandait à Bébert de lui parler autrement parce qu'il y avait en effet des choses qui étaient bien vraies et que Archibald ne méritait pas des mots aussi méchants. Bébert accusait la réplique, mais disait quand même, « c'est n'importe quoi ses histoires ».

Après ces échanges, l'enfant gardait son calme et disait qu'après avoir bien réfléchi à tout ce qu'il avait vu, il voulait aller apprendre à l'école publique du village pour savoir lire et écrire et un jour être quelqu'un capable de faire un bon métier, gagner beaucoup d'argent et les aider à être plus heureux, avoir assez d'argent pour acheter de quoi bien manger tous les jours, etc... et toujours plein de bonnes raisons pour justifier son envie d'apprendre.

Sa maman Yoyo s'inquiétait de savoir comment ils pourraient s'y prendre pour demander à l'école car ils ne savaient pas se débrouiller de ça, ils ne pouvaient pas savoir à qui demander et comment cela pourrait se faire.

Sans attendre un moindre instant Archibald répondait, « ne t'inquiète pas maman, demain j'irai voir Monsieur Marin, tu sais le monsieur qui nous connaît, il est toujours très gentil avec moi, il sait plein de belles choses et il me dira comment il faut faire parce que je veux apprendre, il ne faut plus être comme autrefois, vous voyez on ne sait déjà pas comment faire pour demander d'aller à l'école ».

Bébert ne pouvait pas s'empêcher de lâcher, « bein il ne manquait plus que ça, et comment qu'on va faire si c'est ça ? ». Son papa et Lulu lui répondaient, « on a encore le temps d'y penser Bébert », « oui peut-être répondait-il, mais quand même ... ».

Archibald apportait alors quelques châtaignes grillées ce qui mettaient fin aux nourritures du soir et aux échanges qui s'arrêtaient là.

L'heure était venue pour l'enfant d'aller dormir, c'était l'hiver, il faisait toujours très froid. Archibald regardait avec un œil plein d'amour dans une prière d'appel à l'aide, la petite statue de Sainte Sarah posée près de son couchage.

Il se recroquevillait alors sur sa paillasse, une épaisse couverture posée sur lui avant de s'endormir, fier d'avoir aussi bien raconté son rêve qui faisait vivement réfléchir ses parents et ses cousins, sauf Bébert évidemment, qui alors rejoignaient leur roulotte.

Yoyo et Nono échangeaient discrètement à voix basse leurs interrogations et leurs pensées de mettre Archibald à l'école du village car avec ses mots et ses propos ils comprenaient que leur enfant devait aller à l'école, ne pouvait plus rester comme eux, ignorant de tout et que l'avenir d'un saltimbanque devenait sans espoir avec l'évolution de la nouvelle société, de la mécanisation, de la vie différente que déjà ils voyaient arriver avec leurs spectacles qui n'intéressaient plus autant de monde et que leur fils méritait un meilleur avenir car si ils étaient des gens libres, ils n'étaient pas vraiment des gens heureux comme leur avait si bien dit Archibald.

Alors oui, il fallait qu'il aille à l'école et ils attendront demain pour savoir ce que dira Monsieur Marin, car eux aussi le connaissaient un peu et ils savaient qu'il était un homme bon, sérieux, gentil, généreux, plein de confiance et qu'avec ses renseignements et ses conseils ils pourraient prendre une bonne décision.

Maintenant il fallait vite réfléchir pour savoir comment s'organiser si la troupe repartait au voyage au printemps et Archibald restait ici à l'école, chez qui, comment ?.

Le lendemain Archibald se dirigeait en courant vers cette grande et belle maison qu'il avait tant observée.

Courageusement il toquait à cette grosse porte en chêne massif, et c'est Marin qui se présentait en disant « Oh Archibald, comme c'est gentil de venir me voir, mais qu'est-ce qui me vaut le plaisir de ta visite? ».

L'angoisse serrait la gorge du garçon qui d'une voix chevrotante disait venir lui demander un conseil car il avait décidé d'aller à l'école du village pour apprendre beaucoup de choses car il avait fait un long et beau rêve qui lui avait donné plein d'idées, lui disant alors, « si vous voulez Monsieur Marin je vais vous conter ce que j'ai vu » et celui-ci de répondre « je suis pressé de savoir tout ça Archibald, viens t'asseoir près de moi au salon ».

Le garçon suivait timidement Monsieur Marin pour arriver dans un grand et magnifique salon décoré de jolis tableaux aux murs semblables à ceux qu'il avait vu dans son rêve avec une cheminée au vif feu de bois qui dégageait beaucoup de chaleur, lui qui ne connaissait que le petit poêle bleu en fonte de sa roulotte et sa maigre chaleur.

Tous deux s'installaient confortablement sur le canapé drapé d'un épais et magnifique tissu de velours rouge. Archibald était impressionné de s'asseoir ainsi, regardait partout autour de lui voyant l'image d'une maison comme celle qu'il avait vue dans son rêve, mais ici il ne rêvait plus, elle était vraie, il était dedans.

Marin voyait son hôte si profondément ému qu'il lui disait, « détend toi Archibald, raconte moi, je suis pressé de savoir car si je peux t'aider je ferai tout pour toi et ton bonheur.»

Confiant Archibald dévoilait tous les secrets de son rêve et terminait en disant « c'est pour ça que je veux apprendre, faire un joli métier, réaliser de grandes choses pour aider tout le monde, apporter du bonheur à mes parents et à mes cousins pour les voir tous heureux ».

Aussitôt Marin lui disait que c'était un très beau rêve et que maintenant il fallait le réaliser, alors ce soir j'irai voir tes parents pour tout leur expliquer.

Demain tu reviendras me voir et tous les deux nous demanderons à Monsieur Paul l'instituteur de t'inscrire pour commencer ton école dès lundi. Il lui disait encore qu'il pourrait venir chez lui le jeudi pour mieux lui expliquer et mieux comprendre pour bien travailler.

Archibald était ravi, remerciait beaucoup Marin en lui donnant même un baiser avant d'aller vite rejoindre sa maman pour lui dire tout ça et tout ce qu'il avait vu.

Le soir venu Marin se présentait à la roulotte en disant clairement combien leur enfant avait raison et méritait de vouloir apprendre, qu'ils pouvaient compter sur lui tant pour aider Archibald que pour les aider eux aussi et qu'il s'engageait à prendre en charge toutes les dépenses qui seront nécessaires pour l'école de leur fils.

Yoyo et Nono remerciaient chaleureusement du plus profond de leur cœur Monsieur Marin mais s'interrogeaient pour savoir ce qui se passerait si ils repartaient au voyage avec Archibald à l'école. Marin leur disait que là aussi il s'engageait à ce que leur fils reste gracieusement chez lui car il n'avait pas de petits-enfants et que cette présence lui serait très heureuse depuis qu'il avait perdu son épouse mais que de tout cela ils en reparleraient plus tard, le moment venu, puis Marin repartait en disant à l'enfant, « à demain Archibald ».

Comme convenu l'enfant bien accompagné se présentait devant l'instituteur satisfait d'avoir un élève de plus dans ses rangs, devinant que ce devait être là une belle recrue par la confiance que Marin manifestait à cet enfant.
A la sortie Marin emmenait Archibald chez le cordonnier du village, lui achetait une très jolie besace en cuir rouge avec une grande bandoulière ainsi que dans une boutique les fournitures nécessaires pour bien travailler.

Archibald revenait fièrement à la roulotte avec tout son équipement d'écolier qu'il faisait voir à sa maman et à sa marraine.

Avec le même bonheur c'était son papa qui découvrait le soir à son retour tout son attirail de crayons noirs, de couleurs, de gommes, de cahiers, de règle etc.… Nono se montrait heureux ainsi que Lulu et la marraine Margot, alors que l'imprévu Bébert se présentait en disant, « je me demande bien à quoi ça peut servir tous ces machins là ? », mais Lulu lui répondait « t'inquiètes pas Bébert c'est pas pour toi ! », et les cousins repartaient chez eux, mettant fin à ces tristes propos.

Face à l'équipement que Marin avait offert, Yoyo et Margot unissaient leurs efforts financiers et leurs talents de couturières pour acheter un peu de tissu et réaliser de nouveaux vêtements à Archibald afin qu'elles soient fières de conduire à l'école communale cet enfant qui voulait tant apprendre pour leur offrir plein de bonheur.
Le papa et le parrain partageaient cette grande fierté, réjouis de l'exceptionnelle générosité de Marin et du bonheur qui remplissait le cœur de l'enfant impatient de voir arriver ce lundi matin au plus vite.

- A l' ÉCOLE COMMUNALE -

Le grand jour était enfin arrivé, c'était un jour de fête, un jour de gloire pour Archibald.

La besace rouge installée sur son dos, l'écolier marchait fièrement habillé dans ses habits neufs entouré de sa maman et de sa marraine sur la route de son avenir, la route du savoir comme il disait.

Devant le portail, l'instituteur qui s'appelait Paul, veillait sur les élèves avant leur entrée en classe, mais dès qu'il apercevait Archibald il se dirigeait aussitôt vers lui pour l'accueillir et lui souhaiter la bienvenue à son école et félicitait chaleureusement sa maman et sa marraine qui l'accompagnaient avec bonheur.

Les élèves observaient cette arrivée mais c'était Marin qui l'attendait aussi avec une même joie pour lui dire ses encouragements, sa confiance à bien travailler et lui rappeler de venir chez lui pour manger à midi.

Marin, ancien notaire était un homme très droit, connu, et très respecté au village ce qui ne manquait pas d'interpeller quelques enfants, pourquoi Monsieur Marin portait-il autant d'attention à ce gars de la roulotte comme ils l'appelaient, au petit saltimbanque, même s'ils le connaissaient un peu en le voyant avec sa mère sur les marchés puis à l'église avec les chants à la veillée de noël. Quelques-uns se demandaient aussi comment ce gars là pouvait avoir une aussi belle sacoche toute neuve sur son dos pour venir à l'école, mais le maître sifflait la rentrée et chacun prenait sa place en silence dans les rangs.

 Archibald se mettait discrètement à la dernière place mais à l'entrée dans la classe c'est à une table du premier rang que le maître plaçait son nouvel élève.

Monsieur Paul présentait alors Archibald en disant qu'il venait pour la première fois dans une école, qu'il ne connaissait rien de l'écriture, de la lecture, etc... mais qu'il avait une très grande envie d'apprendre et leur demandait d'en faire un bon camarade dans les jeux aux récréations comme dans la vie de tous les jours.

Après la traditionnelle leçon de morale, aujourd'hui sur le respect et l'amitié, le maître distribuait des devoirs différents car il y avait quelques élèves qui venaient chaque jour ou presque, d'autres moins souvent, puis ceux qui ne venaient qu'une fois de temps en temps, selon le travail des parents et qui étaient à peu près au même niveau que Archibald si ce n'est moindre car l'enfant du voyage avait un sens aigu de l'observation, de l'image, de l'écoute, de la réflexion.

Chacun étant penché sur son travail, Paul commençait la première leçon d'instruction à son nouvel élève en lui faisant découvrir les lettres de l'alphabet et les premiers gestes d'écriture qui ravissaient Archibald en lui apprenant tout d'abord à bien tenir son crayon. L'enseignement se poursuivait avec beaucoup de rigueur et de gentillesse car cet instituteur, qui avait un sens et un amour profonds de la pédagogie, était toujours très proche de ses élèves comme s'ils étaient tous ses enfants.

Arrivait la première récréation qui voyait les enfants se précipiter vers Archibald pour lui poser des tas de questions, mais Monsieur Paul intervenait pour mettre fin à ce comportement car la discipline était aussi de rigueur.

Parmi ceux qui venaient régulièrement à l'école il y avait Auguste, le petit-fils de Gustave, Maire de la commune et ferblantier, Jules, le fils du boulanger, Georges, le fils du menuisier, Ambroise dont la maman tenait le bistrot du marché et qu'on appelait le gars de la bistrotière. Il y avait aussi Charles, Léon, Armand, qui habitaient au centre du bourg mais qui étaient moins connus parce qu'ils n'étaient pas des enfants de commerçants, puis il y avait Côme, un garçon timide, gentil, avec toujours son air malheureux, dont les parents étaient de braves mais pauvres paysans, sans gros moyens qui tenaient pourtant à ce que leur fils aille à l'école pour réussir un meilleur avenir plutôt que de le faire travailler chez eux ou dans une autre ferme pour gagner une maigre nourriture.

Un lien se créait rapidement entre Archibald et Côme qui vivaient tous deux à peu de choses près la même situation d'infortune, tout en établissant de bons contacts avec les enfants de commerçants en particulier pour leur présence régulière, ceux qui ne venaient que de temps en temps n'ayant que trop peu d'intérêt envers les autres et l'école.

A midi certains enfants rentraient manger chez eux à la maison, d'autres tiraient de maigres tranches de pain de leur sac alors que Archibald se rendait chez Monsieur Marin où un inattendu très bon repas chaud l'attendait avec la plus grande joie de Marin et à qui l'élève racontait déjà le plaisir des découvertes de sa matinée.

L'école se poursuivra ainsi jusqu'au soir où Archibald filait vite à sa roulotte en courant pour raconter sa première journée de bonheur et son manger du midi.

Sa maman et sa marraine étaient folles de joie d'entendre ainsi ce fils, ce filleul, leur dire toutes ces belles et bonnes choses avant de les répéter le soir au retour du papa et des cousins qui eux aussi disaient combien ils étaient contents, Bébert n'ayant rien dit pour une fois.

L'instruction et la vie se poursuivront ainsi chaque jour avec l'aide et le perfectionnement apportés par Marin pour rattraper le retard du jeune élève, mais bientôt un autre évènement allait se présenter devant Archibald qui voyait ses copains Auguste, Jules, Georges, Ambroise et Côme aller au catéchisme le jeudi comme le permettait la loi Jules Ferry.

Il parlait de cela avec Marin puis à ses parents qui lui disaient qu'ils étaient d'accord pour qu'il apprenne cela aussi.

Archibald en est très heureux et avec Marin il ira voir le Père Célestin, le curé de la paroisse qu'il connaît également avec les chants, car c'est justement Noël qui va bientôt arriver.

Le Prêtre est ravi de l'arrivée de cet enfant dans son église et lui dit qu'il commencera après les fêtes de fin d'année.

Au premier jeudi de la nouvelle année Archibald se réjouit d'aller lui aussi à ce nouvel enseignement mais hélas il reçoit un nouveau choc lorsque le Père Célestin lui donne son livre de « caté », il lui dit alors, « Monsieur le Curé, je ne sais pas lire »! Dans sa grande bonté il rassure aussitôt l'enfant en lui disant qu'ils allaient d'abord parler et travailler avec des images, et lui disait qu'ainsi il apprendrait encore plus vite à lire et à écrire, ce qui rendait Archibald toujours plus confiant en lui et en son avenir.

Le soir il disait toute sa joie et sa confiance d'arriver vite à pouvoir faire et savoir beaucoup de choses, qu'il était très heureux comme ça tous les jours, qu'il avait trouvé de vrais copains pour jouer, pour parler, pour l'aider, et qu'il voulait toujours continuer puis un jour c'est lui qui leur apprendra à écrire, à lire, à compter, à être heureux comme il avait vu dans son rêve, et que maintenant il savait que ça pouvait être vrai.

Seulement la joie de Archibald était aussi grande que devenait l'inquiétude des parents et des cousins pour un prochain départ au voyage, comment faire ? Il fallait en reparler et revoir Marin comme il l'avait dit.

Quelques semaines plus tard Marin rendait visite à Yoyo et Nono en leur renouvelant son engagement d'héberger gratuitement avec joie et bonheur leur enfant qu'il voulait considérer comme un petit-fils, ce petit-fils qu'il n'avait pas le bonheur d'avoir.

Pour cela il invitait les parents à venir voir chez lui comment il vivrait, comment sera sa chambre, etc.. pendant la durée de leur voyage, mais que déjà ils devaient réfléchir à un meilleur avenir pour eux-mêmes car la société était en pleine transformation.

Yoyo et Nono n'avaient pas d'instruction mais ils avaient bien compris le message de Marin qu'ils expliquaient aussitôt aux cousins.

Margot et Lulu étaient très réceptifs à ces propos, mais Bébert ne tardait pas à dire,

« on a plus que des problèmes maintenant avec votre gamin ». Nono se mettait en colère en lui disant qu'il n'avait pas le droit de tenir de tels propos comme ça, que le gamin était leur fils, un enfant aussi respectable que lui et qu'il ne lui appartenait pas de décider de son avenir en lui ordonnant de s'excuser, ce qu'il faisait un peu honteux, regrettant ses paroles.

Après quelques jours de réflexions les parents se rendaient chez Marin et découvraient tout l'inimaginable qui était proposé à leur enfant, Yoyo s'exclamant « mais c'est comme dans le rêve de Archibald » et celui-ci disait « oui maman, c'était aussi beau que ça ».
Marin poursuivait en disant « ce n'était pas un rêve Archibald, c'était une prémonition », ils ne comprenaient pas très bien ce que cela voulait dire, mais ils étaient très contents et acceptaient bien volontiers que leur fils demeure là tout le temps de leur voyage car ils avaient pleinement confiance dans cet homme, si bon, si généreux.
Chacun se réjouissait de la décision, Archibald remerciait et embrassait chacun, fou de joie, rempli d'ambitions, d'espoirs et de confiance, mais demandait s'il pourrait aussi aller voir

Jason de temps en temps qu'il aimait beaucoup, comme un grand-frère, ce qui était bien sur accordé.

De retour à la roulotte il fallait prendre l'ultime décision pour le départ au voyage, quelle direction, combien de temps ?

Les avis n'étaient pas les mêmes pour chacun, surtout pour Bébert évidemment qui voulait partir au plus loin et le plus longtemps possible contrairement aux autres et surtout Yoyo qui se souciait de la séparation de son fils pendant plusieurs mois. Nono proposait de trancher en disant « du dix avril au quinze septembre», ce que chacun finissait par accepter.

En cette attente ils continuaient leur travail saisonnier chez le marchand de bois et charbon, Lulu la vannerie, les femmes les broderies et les marchés.

Le soir les saltimbanques réfléchissaient à leurs numéros, répétaient des gestes, des chants, des histoires drôles, des jeux avec les animaux, tout ce qui était aux programmes de leurs spectacles afin d'être prêts pour le départ que Yoyo et Nono voyaient arriver trop vite avec la difficile première séparation de leur enfant pendant cinq mois.

La veille du départ Archibald passait une belle journée avec ses parents et ses cousins, chacun demandant à l'autre de faire très attention, puis le soir venu Archibald allait caresser et donner un baiser aux deux chevaux avant de rentrer chez Marin pour ne pas assister au départ des roulottes, de ses chers parents et des cousins qu'il embrassait très fortement en partageant quelques larmes d'angoisse et d'amour.

- LE DÉPART du VOYAGE -

Vers huit heure les deux chevaux se mettaient en marche, Nono tenait les guides de son attelage le cœur serré, un peu angoissé, Margot était venue soutenir Yoyo au bord des larmes dans sa roulotte lui disant d'avoir confiance en son fils, en Marin, en Jason qui lui aussi sera là pour aider et veiller sur Archibald, tellement heureux de faire tout ce qu'il avait rêvé et souhaité pour donner plus tard du bonheur à nous tous. Yoyo comprenait, remerciant Margot de son soutien en lui disant qu'elle avait pleinement confiance dans chacun et que c'était le bonheur de Archibald qui était le plus important.

Pendant ce temps Archibald pensait aussi à chacun, à ses parents, ses cousins, ses chevaux, mais c'est à son travail d'écolier qu'il lui fallait consacrer ses pensées car sa progression était déjà rapide grâce à la grande pédagogie de Paul, le maître d'école, de Marin et du Père Célestin.

De leur côté les chevaux tiraient une nouvelle fois les roulottes, mais d'un pas tranquille, les muscles ayant perdus un peu de leur vigueur au cours de l'hiver avec trop peu d'activité.

Les premières fleurs apparaissaient égayant de leurs couleurs le bord des routes sinueuses, la neige disparaissait sous les rayons du soleil printanier qui illuminaient les sommets arrondis des Monts d'Auvergne, les élégantes cascades reprenaient leurs chutes de belle hauteur dans le grondement de leur bouillonnement, l'herbe reverdissait dans les pâturages, Nono essayait de chanter un petit air d'opéra, mais en vain, le cœur n'y étant pas c'est dans son for intérieur qu'il fredonnait ses interprétations pour ne pas troubler davantage sa chère épouse Yoyo.
Avec cet état d'esprit Nono ne voyait toujours pas de site assez séduisant pour se produire après trois jours de route où tous commençaient à s'interroger sérieusement sur leur voyage.

Chaque matin ils répétaient leurs programmes avec sérieux mais sans enthousiasme.
Pourtant il fallait faire quelque chose, il fallait bien récolter un peu d'argent pour continuer et acheter de quoi manger, puis ils remarquaient enfin une jolie place au milieu d'une petite ville

qu'ils ne connaissaient pas. Ils pouvaient y présenter là un premier spectacle devant un public trop mince et trop peu généreux pour les encourager.

Yoyo et Nono, mais aussi les cousins Margot, Lulu et même Bébert repensaient aux paroles de Archibald, et si c'était lui qui avait eu raison avec les images de son rêve, les représentations n'étaient elles pas dépassées ?, mais maintenant il fallait continuer, avoir confiance en des jours meilleurs lorsque la saison d'été sera arrivée et qu'ils traverseront des villes aux nombreux visiteurs avec un possible important public.

Le voyage se poursuivra ainsi cahin-caha, n'ayant plus cette sensation d'interpréter avec joie les numéros d'amuseurs, tout comme la réception par le public du travail de comédiens qui pourtant demandait beaucoup d'efforts.

Yoyo et Nono pensaient chaque jour, chaque instant à leur fils, voyaient son absence au bord de la scène qui pesait très lourd dans leur cœur comme dans celui des cousins, même si chacun gardait discrètement ses douloureuses pensées.

Pendant ce temps Archibald travaillait avec ardeur à son instruction avec son maître Paul et chaque jeudi matin son perfectionnement près de Marin, l'après-midi étant réservé au « caté » puis à des jeux avec ses copains d'école pour sa plus grande joie, ou une petite visite au buron, sans jamais oublier ses parents, sa famille.

Paul se réjouissait de la rapidité de ses progrès avec le concours de Marin, car si l'enfant du voyage avait une taille un peu inférieure aux autres élèves, il avait un mental d'acier, une faculté intellectuelle de compréhension et de mémorisation à l'envie de tout son travail, ce qui lui permettait de rattraper son retard de scolarité en quelques mois, faisant l'admiration de ses maîtres et de ses camarades.

Les premières vacances d'été arrivaient et là, Archibald partageait son temps entre les visites à Jason dans son buron, des jeux avec ses amis du village, quelques heures de leçons et devoirs chaque semaine avec Marin, mais il aimait aussi se rendre à la ferme des parents de son ami Côme et participait même avec lui à quelques menus travaux de la moisson pour sa plus grande satisfaction.

Lorsqu'il avait quelques angoisses ou le moral un peu trop bas, il se rendait à l'église pour se confier et prier avec ferveur près de la Vierge Marie à l'intention de ses parents, des cousins, des chevaux, des caniches, des perroquets, car avec les leçons de catéchisme Archibald avait apprit à connaître la Sainte Vierge, lui qui ne connaissait que Sainte Sarah, la sainte des gens du voyage dont il n'y avait pas de statue dans son église.

Arrivait septembre qui était pour Archibald le mois de la rentrée scolaire qui le conduira dans une pleine année de nouveaux enseignements, de matières nouvelles et de perfectionnements, car Archibald était soucieux de savoir encore et toujours plus. Mais septembre voulait dire aussi pour lui le retour de ses parents et de la troupe des saltimbanques maintenant très proche pour sa plus grande joie, puis un soir à la sortie de l'école c'était toute la famille, et même les deux caniches qui étaient là devant les grilles à attendre le fils, le filleul, le cousin, l'élève

Archibald qui se précipitait dans les bras de sa maman et de chacun.

Marin qui avait l'habitude de venir chercher chaque soir celui qu'il considérait un peu plus chaque jour comme son petit-fils, se réjouissait de ce bonheur partagé et invitait toute cette famille à venir prendre un goûter et parler avec Archibald.

Yoyo et Nono ne savaient comment remercier Monsieur Marin, ce bienfaiteur, tellement ils étaient heureux de revoir leur enfant dans cette nouvelle vie, rempli de joie.

Après plus d'une heure de rencontre la famille se retirait et Archibald se remettait au travail de quelques devoirs, car demain sera un autre jour d'école et samedi soir il rentrera à la roulotte pour passer un beau dimanche en famille et beaucoup parler de l'école, du « caté », de sa vie chez Marin et de ses copains au village.

Ce dimanche avait été une très belle journée où Archibald avait pu tout expliquer à ses parents et à ses cousins qui eux-aussi avaient conté leur vie, mais avec beaucoup moins de satisfactions car le voyage avait été assez décevant ce qui faisait dire à Archibald « vous réfléchissez déjà à l'avenir »? d'une même voix ils répondaient, « oui, on réfléchit ».

C'est bien disait-il, se gardant de tout autre commentaire car ces propos laissaient à penser qu'il pourrait y avoir quelques incertitudes pour un prochain départ au voyage.

Pour redonner plus de joie après ces récits pleins d'amertumes, Archibald évoquait la reprise des répétitions des prochains chants de noël qui remettait aussitôt du baume au cœur à chacun, et dès jeudi de la semaine prochaine, c'est promis, répétition pour tout le monde.

Archibald se sentait heureux, confiant dans ses idées de pouvoir réaliser au plus près le nouvel avenir qu'il avait vu dans son rêve pour ses parents qu'il aimait tellement, sa marraine, son parrain, ainsi que son cousin Bébert malgré ses humeurs et son caractère souvent rebelles.

Le soir venu il regagnait la grande résidence de Marin et son confortable gîte dont il se faisait le projet enfantin de posséder un jour une belle et pareille demeure lorsqu'il sera grand, instruit, riche, et fera un joli métier pour y voir vivre sa famille dans le confort, la joie, le bonheur, ainsi que la profonde satisfaction d'avoir réalisé le vœu de Marin, son ambitieux et inexplicable rêve d'une nuit d'hiver.

L'heure était maintenant arrivée ce lundi matin de reprendre les cours avec enthousiasme.

Il maîtrisait bien l'écriture, progressait vite en lecture et avait plaisir à découvrir les différentes matières qu'il n'avait jamais imaginées aussi diverses et nombreuses, ce qui le réjouissait pleinement.

Ainsi se continuera l'année scolaire, les rencontres régulières des parents et cousins, les jeux avec les copains, le « caté», et maintenant la préparation de la veillée de noël avec la troupe des saltimbanques reconstituée.

Ayant repris les répétitions, quelques copains, dont Auguste, petit-fils du maire, Ambroise, le fils de la bistrotière et Côme le fils de paysans lui demandaient si eux aussi pourraient essayer de participer. Tous les membres donnaient leur accord pour accueillir avec plaisir ces jeunes et les encourager à participer à la vie dynamique du village.

Le premier essai avec les chanteurs étant très encourageant, les répétitions s'enchaînaient avec eux et une vive satisfaction pour les choristes, mais aussi pour le Père Célestin et Marin qui voyaient là une belle opportunité pour créer une véritable chorale dans ce village, ce que le curé faisait savoir lors d'une messe à ses paroissiens suscitant de nouvelles vocations qui allaient former une très belle et cordiale équipe.

C'est alors que Monsieur le Maire, dit Tatave le violonneux, proposait d'accompagner au violon cette charmante troupe pour une meilleure qualité musicale et Côme disait que pour son plaisir il jouait de la cabrette et qu'un tel ensemble pourrait faire une véritable chorale auvergnate. Tous étaient favorables à cette idée qui marquerait le village et la paroisse.

Chacun allait chaque jour à ses occupations, Bébert chez le bois et charbon, Nono faisait des affûtages sur les marchés le matin, des ramonages ou autres travaux avec Bébert l'après-midi. Yoyo et Margot faisaient leurs broderies et Lulu ses objets de vannerie qu'il réalisait en fredonnant sans cesse un poème de

André Theurier, « La Chanson du Vannier », avec ses paroles « Brins d'osier, brins d'osier, courbez-vous assouplis sous les doigts du vannier…... » et la vie se poursuivra ainsi jusqu'à l'exceptionnelle prestation de la chorale auvergnate qui réalisait une veillée de Noël sans précédent.

Venait ensuite le traditionnel jour des vœux et des souhaits pour la nouvelle année qui emmènera encore chacun vers de nouveaux projets, de nouvelles aventures et d'inévitables soucis, mais aussi de belles réalisations et des moments heureux.

- UNE NOUVELLE ANNÉE -

La vie reprenait son cours au mode et au rythme des temps précédents. L'élève avait repris son école sans se poser de questions mais il n'en était pas de même pour la troupe de saltimbanques, surtout pour Bébert, demandant déjà à connaître les intentions de chacun pour la prochaine saison.

Les deux femmes disaient sans hésitation que la vie était bien meilleure pour elles, que c'était beaucoup plus facile de gérer l'argent pour acheter à manger, payer les petites dépenses et la nourriture des chevaux grâce à la paie que Nono et Bébert apportaient chaque semaine en plus des ventes sur les marchés de la vannerie de Lulu et des broderies qu'elles réalisaient, disant même qu'elles souhaiteraient rester ici et peut-être même toujours parce que la vie était bien plus facile comme ça.

Le réfractaire Bébert hurlait aussitôt « non mais ça va plus dans vos têtes, vous êtes encore des artistes de rues, des saltimbanques, ou des ramoneurs » ? « Ne t'énerve pas comme ça répliquait Nono, on a encore du temps pour voir tout ça, mais les femmes ont raison, notre vie est quand même plus facile ici que sur les routes où on ne récolte plus toujours assez d'argent pour manger comme on voudrait, nourrir les chevaux et entretenir les roulottes».

Bébert avouait que c'était un peu vrai et parfois difficile, mais il voulait rester un saltimbanque et continuer sa vie du voyage.

Certes il se disait heureux de travailler chez son patron, il aimait son travail, les clients, les livraisons mais qu'il n'était pas encore prêt à rester sur place dans le village, puis les conversations s'arrêtaient là.

Une certaine tension régnait malgré tout dans la famille où pendant ce temps l'élève travaillait ardemment et brillamment en toute sérénité.

Pour sa part Paul aimait ses écoliers comme une famille à qui il transmettait avec amour et passion, l'instruction et l'éducation qui feront de chacun d'eux un homme responsable dans la vie de chaque jour.

Pour quelques temps la vie se poursuivait ainsi jusqu'au jour où Bébert posait la question,

« Alors on décide quoi pour le voyage »

Les visages se fermaient, les discussions se tendaient car Yoyo et même Nono n'avaient plus envie de repartir.

Les échanges étaient assez vifs avant d'arriver à un accord pour un voyage dans les villes où il y a des touristes assez fortunés de juin à fin août, et Nono dit alors, « si le voyage n'est pas bon pour nous ce sera fini car nous ne voulons plus vivre en misérables et nous séparer de notre fils dont nous sommes si fiers de le voir apprendre comme ça. Bébert reprenait en disant « il ne manquait plus que ça ! » quant à Margot et Lulu eux-aussi se disaient prêts à rester au village même pour faire un tout autre boulot car la vie était plus agréable et puis avec le groupe de la chorale il y avait de belles rencontres, de la joie de vivre, ce à quoi Bébert répondait « je sens que ça va bientôt être fini à cause du gamin qui va à l'école, et puis après qu'est-ce qu'il fera votre Archibald, au fait, il vient avec nous? ».

Nono lui répondait sèchement « non il ne viendra pas, le reste tu verras plus tard, pour le moment pense à te préparer sérieusement et arrêtes tes méchancetés, Archibald c'est notre fils, alors respecte le, tu es minable ! »

Archibald n'entendra jamais parler de ces échanges qui ne mettaient pas la troupe dans les meilleures conditions pour se préparer aux représentations, pourtant le départ aura bien lieu, mais sans enthousiasme.

Yoyo et Margot souffraient beaucoup lorsque le village s'éloignait malgré la pensée que Archibald était un enfant heureux, à l'école comme chez Marin, que bientôt il allait retrouver les vacances et ses distractions avec Jason et ses amis.

De son côté la troupe trouvait quelques stationnements pour donner des représentations dans les villes, mais il y avait toujours peu de spectateurs et sans joie. Les saltimbanques, y compris Bébert, constataient que ces gens regardaient, mais riaient peu de temps avant de continuer leur chemin, sans plaisir, sans ferveur ni générosité, ce qui compliquait l'existence de chaque jour, sans toutefois déplaire à ceux qui ne souhaitaient plus continuer, Bébert finissant même par avouer que la situation devenait très difficile, que leurs spectacles n'étaient plus assez modernes, n'étaient plus ceux que les gens attendaient maintenant dans cette époque d'une nouvelle vie, de nouveaux loisirs, disant même un soir « je crois que Archibald avait raison ».

La troupe mettra fin avec impatience à son voyage à la date prévue mais décidait que cette fois ç'en était fini de la vie du voyage.

A leur retour Archibald retrouvait ses parents et ses cousins avec encore plus de satisfaction en apprenant qu'ils mettaient fin à leurs voyages et à leur vie de saltimbanques.

La famille se reconstruisait en toute tranquillité pour le plus grand bonheur de tous.

UNE VIE SÉDENTAIRE -

Les roulottes sont stationnées, les activités saisonnières sont reprises, une vie de sédentaire va devoir s'organiser.

Septembre est là, l'automne va bientôt arriver.

Bébert retrouve son employeur avec une lourde charge de travail pour préparer les commandes, les livraisons de bois et de charbon tandis que Nono troquait sans attendre ses habits de lumière de scène contre ses frusques noires de ramoneurs.

Avec sa charrette à bras pour transporter ses échelles, ses hérissons et ses cordes il se rendait chez les clients du village tout en conservant son âme de chanteur, puis une ou deux fois par semaine il attelait son cheval Athos sur la roulotte pour se rendre dans des communes voisines à faire des affûtages ou des ramonages afin d'améliorer toujours un peu plus les ressources de la famille.

Pendant ce temps Archibald très détendu par cette nouvelle situation progressait sans cesse et plus fortement encore dans son instruction tant souhaitée et devenait pour Monsieur Paul un élève exemplaire promis à un très bel avenir. Fort de ses connaissances il transmettait chaque samedi soir à sa famille un peu de son savoir leur permettant ainsi d'apprendre à lire, écrire et compter pour leur grande satisfaction dans la vie de tous les jours et dans leur travail.

Chaque jeudi il participait assidûment aux répétitions de la chorale qui bientôt découvrait le nouveau programme des chants de Noël préparé par le Père Célestin pour la grande joie de tous, convaincus que cette veillée serait une nouvelle soirée grandiose.

La fin de l'année arrivait en tenant toutes ses promesses car maintenant régnait une véritable joie dans la famille qui vivait dans le confort d'une maison que le patron de Bébert avait mise à leur disposition.

Un premier hiver qu'ils vivaient ainsi, au chaud dans une maison le soir venu, quel bonheur se disaient-ils, Bébert appréciait la situation !

Quelques semaines plus tard les jours se faisaient déjà plus lumineux et un soir Bébert ne pouvait s'empêcher d'évoquer une idée qui lui trottait dans la tête depuis quelques temps en disant calmement à sa famille, «Il y a un an nous parlions du voyage, je sais que nous n'allons pas repartir mais mon esprit de saltimbanque est encore présent et j'ai pensé que dans la belle saison on pourrait aller avec nos roulottes et nos chevaux faire une journée dans des fêtes de villages voisins et offrir un spectacle pour distraire les gens et conserver l'âme de nos origines».

Surpris, Nono répondait « Eh bien pourquoi pas, je ne suis pas contre ton idée Bébert, nous pourrions même conduire les membres de la chorale et ses musiciens, c'est pas bête du tout, il va falloir qu'on y réfléchisse ensemble, puis on en causera à la prochaine répétition ».

Lulu et les deux femmes voyaient aussi d'un bon œil cette proposition et Bébert disait, « ah bein là, vous me faites plaisir la famille ».

A son retour en fin de semaine, Archibald était informé de ce projet et il répondait sans détour, « Si c'est une fois de temps en temps pour une journée je veux bien, mais c'est tout, le voyage je ne veux plus en entendre parler, pour moi, c'est fini ! »

Le ton incisif de Archibald surprenait chacun mais les mois et les années passaient, l'enfant grandissait en même temps que son instruction et ses parents le rassurait en lui disant qu'ils ne feront que les fêtes du village et quelques sorties proches sur un seul jour, car pour eux-aussi le voyage était terminé, la vie et le travail avaient beaucoup changés.

Rassuré il poursuivait son chemin au rythme de ses activités, continuait à instruire ses parents et ses cousins chaque fin de semaine sur l'écriture, la lecture, le calcul, même Bébert qui un jour lui disait, « c'est quand même beau de savoir lire, écrire, compter car maintenant mon patron a confiance en moi et me donne du beau travail à faire, merci Archibald ».

Le garçon souriait en appréciant les rares jolies paroles de son cousin et lui disait « quand je te disais que le monde changeait et que le savoir était important pour avoir un bon travail et une plus belle vie, je suis content pour toi, tu me fais plaisir Bébert».

La vie se poursuivra ainsi jusqu'à l'été d'où viendront de nouvelles vacances scolaires que Archibald connaîtra pleinement avec sa famille,

Jason, ses amis et les fêtes de villages qui rencontreront de beaux succès à la plus grande satisfaction des membres de la chorale qui se faisaient appeler « Les Chœurs Auvergnats ». Tatave le Maire du village et le Père Célestin étaient fiers de cet enfant.

Arrive une nouvelle rentrée scolaire, Archibald aura bientôt douze ans maintenant et l'année prochaine Monsieur Paul présentera en toute confiance « l'enfant du voyage » devenu brillant élève au Certificat d'Études Primaires.

Quel sort lui réserve la vie ? Monsieur Paul s'interroge car il souhaiterait que cet enfant poursuive des études, alors tout naturellement il évoque le sujet avec Marin et tous deux se proposent de rencontrer Yoyo rt Nono, les parents de Archibald pour leur dire que ce serait bien que leur fils continue les études dans de plus grandes écoles, mais hélas ils répondent que ce n'est pas possible car ils ne gagnent pas encore assez d'argent pour ça.

Marin dit aussitôt « je vais réfléchir à ça avec Paul, nous vous dirons plus tard » et c'est à ce moment que Monsieur le Maire Tatave venait voir Marin après avoir reçu une lettre d'un monsieur de Paris qui avait entendu les choristes du groupe pendant ses vacances en Auvergne et qu'il avait tout particulièrement remarqué un petit garçon avec une voix exceptionnelle qui avait retenu toute son attention car il était directeur d'une troupe de music-hall à Paris.

Les deux hommes voyaient là une opportunité pour ce petit garçon qui ne pouvait être que Archibald. Sans plus attendre ils allaient s'entretenir près de Paul des renseignements demandés par ce directeur parisien qui souhaitait engager le chanteur, mais il fallait en parler aussi à Archibald et à ses parents qui ne comprenaient pas que quelqu'un demande à leur fils d'aller chanter à Paris.

Archibald refusait de partir, il voulait faire sa dernière année d'école et passer le « certif » comme il disait avant de travailler au village car l'activité devenait importante, même Bébert avait reprit le commerce de son patron avec Nono pour l'aider occasionnellement.

Monsieur le Maire répondait à ce monsieur de Paris que le garçon voulait terminer son année scolaire afin de passer son certificat d'études et travailler au village refusant d'aller chanter à Paris.

Quelques mois plus tard le directeur parisien se présentait inopinément devant le Maire de la commune et demandait à rencontrer le garçon, ses parents, son instituteur ainsi que son protecteur.

Ce petit monde se réunissait un jour et le directeur parisien expliquait qu'après son diplôme le garçon pourrait suivre des études dans un lycée parisien tout en étant un membre de sa troupe de music-hall, les spectacles avec des artistes de talent se multipliant dans les quartiers chics du Paris de la Belle Époque.

Il disait encore qu'il serait hébergé, qu'il aurait un contrat cher payé au vu de la qualité de sa voix, et que cela pourrait lui permettre de financer ses études sans souci et plus encore.

Chacun était abasourdi par ces propositions et Marin demandait à ce Monsieur de bien vouloir attendre quelques jours avant d'avoir une réponse car il fallait que chacun réfléchisse aux conséquences d'une décision et des précisions nécessaires au contrat comme aux dispositions pour la sécurité de cet enfant.

L'homme comprenait parfaitement et acceptait volontiers ces observations et cette attente.

Les échanges étaient innombrables entre Archibald et son entourage, Marin et Paul voyant une possibilité de ces grandes études que Archibald enviait et pourrait conduire car il était toujours animé par ce constant désir de connaissances multiples et approfondies pour exercer un beau et bon métier.

Mais comment faire dans cette ville qu'il ne connaissait que par le nom, quelques images, et les commentaires qu'il avait entendus lorsque Paul le maître d'école et Marin avaient conduits sa classe pour visiter le chantier du viaduc de Garabit construit par Gustave Eiffel.

Archibald s'interrogeait, il ne voulait plus de cette vie de saltimbanque, de gens du spectacle, il voulait aider, réaliser de belles et grandes choses, mais pour cela il fallait continuer à découvrir, à étudier, à apprendre, alors vers quelle décision se pencher ?,il fallait encore réfléchir.

Ses parents étaient évidemment très inquiets de cette proposition d'aller chanter et étudier à Paris alors que eux avaient mis fin aux voyages que la famille était sédentaire, rassemblée, unie et heureuse au village, alors voir leur fils partir à son âge loin dans l'inconnu soulevait de vives inquiétudes.

Marin leur disait qu'il connaissait bien cette ville pour y avoir fait ses études supérieures et que s'il devait partir, il irait accompagner Archibald pour s'assurer de son installation, de la garantie de sa sécurité et que si cela était nécessaire il donnerait tout ce qu'il faudrait pour avoir d'excellentes conditions de vie et financer ses voyages pour revenir au pays.

Deux jours plus tard Archibald acceptait l'idée de partir pour deux ou trois ans d'études et de chanson. Marin négociait en connaisseur des droits les conditions du contrat qui pouvait s'interrompre sans préavis pour le garçon.

Quand arrivait septembre, le départ arrivait inévitablement et Marin montait à bord du train, accompagnant Archibald vers un nouveau destin.

Le voyage était long, Marin faisait de son mieux pour occuper, dialoguer et distraire le garçon qui secrètement se posait mille questions sur d'invraisemblables sujets, la découverte de cette ville, de son groupe de music-hall, des spectacles et des études qu'il devrait conduire tout en travaillant durement à l'apprentissage des chants et aux répétitions du groupe, puis arrivait enfin cette immense gare parisienne où il perdait tous ses repères.

Marin le rassurait aussitôt en lui disant « soit tranquille Archibald, c'est toujours comme ça pour qui arrive ici la première fois mais tu prendras vite la mesure de ce nouvel entourage, tu as toujours quelque part en toi ce comportement de saltimbanque à l'arrivée dans un lieu inconnu, et c'est très bien, aie confiance en toi comme je te fais confiance pour te construire un bel avenir, un avenir qui ne commence pas ici, mais qui continue en passant par ici ».

« Oui merci Marin », disait-il d'un air toujours tendu mais un peu moins angoissé pendant que Marin le dirigeait vers un autobus qu'il voyait pour la première fois et qui les conduira à leur lieu de rendez-vous.

Pendant ce voyage Archibald regardait tous ces grands immeubles de la capitale, l'architecture, les sculptures, lui faisant penser à son ami Côme, ce fils de petits paysans devenu apprenti tailleur de pierres aux carrières de Crazannes dans les Charentes après avoir obtenu son certificat d'études. Il voulait aussi apprendre la sculpture pour créer des œuvres d'art, des statues qui orneront de prestigieux monuments car il avait lui aussi autant d'ambitions que de courage et de volonté pour atteindre son but.

Arrivait alors le terminus pour ces deux voyageurs et Archibald voyait à quelques centaines de mètres de là, une grosse église posée tout en haut d'une butte couverte d'arbres au feuillage bien vert, y voyant là un paysage rassurant de campagne et de confiance. Tous deux allaient maintenant à leur rendez-vous dans un petit hôtel où ils retrouvaient le directeur du groupe qui était en réalité une troupe d'artistes talentueux qui se produisait dans des cabarets et autres salles de spectacles.

Marin rappelait les conditions de l'installation et de l'activité future de son protégé que l'intéressé confirmait avant de lui présenter la chambre de sa pension qu'il partagerait avec un autre artiste.

Quelques inquiétudes gagnaient secrètement Archibald qui faisait face à son engagement et acceptait avec la confiance de Marin ses conditions d'installation.

Marin restera encore deux ou trois jours près de lui en l'informant tout d'abord qu'il était désormais dans le quartier très mondain de la Butte Montmartre à Paris où séjournent de nombreux peintres, sculpteurs et artistes, puis il lui faisait découvrir la Seine, ses quais et les plus beaux monuments de la capitale avant de lui tendre une nouvelle largesse financière pour s'offrir quelques loisirs et un billet de retour à Vic avant qu'il ne rejoigne le pays d'Auvergne.

Archibald faisait à ce moment connaissance avec son compagnon de chambre plus âgé de quelques années qui s'appelait Léo. C'était un gentil garçon parisien, studieux étudiant styliste et chanteur soprano.
Une franche amitié se liait rapidement entre-eux, venant si besoin en aide à Archibald dans les études qu'il venait d'entreprendre à un niveau très supérieur dans un lycée proche que le directeur de la troupe lui avait fait bénéficier.
Léo l'aidait aussi dans l'expression des textes qu'il aurait à interpréter dans ses chants qui n'étaient pas de son répertoire habituel, mais il s'y adaptait rapidement et en était très heureux.

Les répétitions avaient lieu surtout le soir, plusieurs chanteuses et chanteurs ayant une autre activité le jour.

La formation de Archibald se déroulait au mieux dans ce milieu difficile, à la grande satisfaction du directeur et un mois plus tard il se produisait déjà avec la troupe dans une salle richement décorée comme l'enfant du voyage n'en n'avait jamais rencontrée.

Un gros trac le gagnait en arrivant sur scène mais rapidement la confiance se manifestait en retrouvant son esprit de saltimbanque, puis au final c'était un tonnerre d'applaudissements qui retentissait à la plus grande joie du directeur, une salle comblée de satisfactions.

Archibald était rassuré et fier de sa prestation à l'issue de cette représentation, recevant du directeur de la troupe de vives félicitations, n'ayant cesse ensuite de perfectionner sa voix et son comportement scénique.

Il adressait aussitôt à sa famille et à Marin une longue lettre pour leur dire toutes les nouvelles qu'il avait connues depuis son arrivée, qu'il se sentait bien malgré la lourde charge de travail avec ses études qu'il aimait beaucoup au lycée, ses répétitions, mais il était heureux de réaliser ce souhait, une autre partie de son rêve.

Il faisait chaque semaine une ou deux représentations en soirée et une le dimanche après-midi, percevant ainsi de bons cachets chaque semaine pour payer sa pension et améliorer son quotidien dans ce quartier où l'on s'habillait chiquement.

Les dames portaient de longues robes d'une grande élégance, une ombrelle à la main, de magnifiques chapeaux parés d'ornements, les hommes des « trois pièces » de grande classe, un chapeau haute forme sur la tête et une jolie canne de prestige en main, etc …...

Voyant chaque jour d'aussi beaux vêtements il ne pouvait effacer de sa mémoire ces vieux manteaux que portaient les femmes sur le marché en hiver, les vestes et pantalons usagers de ces malheureux paysans et ses hardes d'enfant du voyage qu'il avait portées en son temps. Alors oui, il fallait travailler sans relâche pour avoir un jour prochain toute l'instruction nécessaire et ce bon travail où lui aussi pourra s'habiller dans de beaux vêtements, vivre et faire vivre à ses parents, sa famille, une « belle époque ».

A la réception de cette lettre ses parents, ses cousins, Marin et ses amis se réjouissaient de la satisfaction de Archibald dans sa troupe et dans ses études. Ses copains d'école lui répondaient ensuite pour le féliciter et l'encourager toujours plus dans ses succès, lui parler du village, des multiples activités qui se développaient et permettaient aux gens d'avoir plus de travail, de mieux gagner leur vie, ils lui disaient encore demeurer fidèles à la chorale et préparer de belles choses pour Noël avec l'espoir de le voir participer près d'eux.

Lorsqu'il recevait toutes ces bonnes nouvelles il éprouvait une grande joie car il pensait fortement à ses amis, à Auguste travaillant maintenant chez son grand-père Tatave qui avait transformé son magasin de ferblantier en une grande et moderne quincaillerie d'articles nouveaux, Jules poursuivant son apprentissage de boulanger chez son père, puis il y avait Georges, apprenti menuisier dans l'entreprise de son père.

Ambroise, le fils de la bistrotière qui n'avait pas eu son certificat d'études rencontrait des conditions de vie beaucoup plus difficiles.

Il travaillait aux tanneries d'Aurillac et le soir il allait chez un vieux cordonnier pour découvrir le travail du cuir et de ce beau métier, quant à Côme il se réjouissait dans sa formation de sculpteur et tailleur de la magnifique pierre blanche charentaise que l'on trouve dans de très prestigieux édifices.

Paul, le maître d'école se félicitait de ces bons élèves qui faisaient honneur à l'instruction qu'il leur avait transmise et leur désir à s'élever dans la société par l'acquisition de véritables valeurs humaines, professionnelles et morales.

Heureux de toutes ces informations du pays, Archibald pouvait alors consacrer ses pensées et son temps à lui-même, creusant l'esprit serein, les fondations de sa véritable vie du futur. Il organisait de façon méthodique son emploi du temps, ses cours de lycéen, de chants, ses spectacles et ses loisirs pour découvrir avec l'aide de Léo, ce Paris de la Belle Époque et les préparatifs de l'exposition universelle de 1889 avec notamment cette invraisemblable tour en fer dont tout le monde parlait, construite par l'Entreprise Eiffel.

Archibald dirigeait ses études vers la gestion financière et rationnelle d'entreprises, lui qui avait beaucoup souffert des si pauvres gains de sa famille dans leurs malheureux spectacles de rues, voulait exercer un travail avec de vraies valeurs et proposer ses compétences au service d'employeurs pour assurer de bons résultats et contribuer ainsi à de plus importants revenus afin d'accorder de meilleurs salaires aux employés comme il avait vu dans son rêve.

Maintenant il n'était plus dans le rêve, il était dans la réalité de la vie, n'ayant qu'un seul mot à l'esprit, « réussir ».

Cette réussite il ira la chercher tout d'abord dans sa troupe de chanteurs où sa voix si particulière sera vite remarquée par le public qui en quelques mois en fera une véritable vedette parisienne, mais aussi remarquée par d'autres directeurs de troupes lui valant de nombreuses propositions qu'il refusait.

Toutefois ces approches et ces propositions feront réagir son directeur qui sans attendre lui offrait un cachet plus élevé par représentation. Archibald était heureux de voir cet argent venir à lui et mesurait tout le bénéfice d'un travail de qualité et de rigueur.

Les propositions de dates s'enchaînaient mais il ne se laissait pas déborder afin de préserver tous ses moyens au lycée dont les cours devenaient très ardus, mais passionnants.

La fin de l'année où il était attendu au village arrivera très rapidement, mais en fin d'année de nombreux spectacles de cabarets sont organisés et dans lesquels il était vivement attendu.

Ce n'est donc que plus tard qu'il rejoindra pour une semaine le village devenu si cher à son cœur. Le court séjour sera un bonheur pour ses parents qui voyaient leur enfant heureux, confiant, sur le chemin de la réussite et de la réalisation de son impensable rêve d'une nuit.

Marin avait plaisir de convier à dîner cet exceptionnel enfant avec sa famille, le Maire Tatave, le Père Célestin, Paul l'instituteur et le « grand-frère » Jason, bien gentil personnage toujours disponible auprès de chacun pour aider et apporter assistance.

Archibald rendait visite à ses copains du village et participait un soir à la répétition de la chorale où les membres du groupe ne manquaient pas de remarquer l'importante évolution artistique du contre-ténor Archibald, puis arrivait déjà le nouveau départ pour Paris.

Dès son retour il redoublait d'efforts dans ses recherches d'étudiants, mais faisait aussi des découvertes avec Léo qui le conduisait un jour au Champ-de-Mars voir le célèbre chantier de la tour de l'entreprise Eiffel construite pour représenter la France à l'exposition universelle.

Devant cet édifice, exceptionnel chef-d'œuvre artistique de fer et d'ingéniosité, Archibald pensait aussitôt au viaduc de Garabit qu'il expliquait à son ami, lui disant, avec audace, qu'il demanderait un rendez-vous près de Monsieur Eiffel afin de le féliciter, lui parler de ses ouvrages et le solliciter de multiples renseignements, gardant en secret qu'il y avait là une part de rêve.

Archibald avait d'autre part observé dans Paris que de nombreux auvergnats étaient installés dans des petits bistrots de quartiers où ils faisaient également le commerce de bois de chauffage et de charbon. Il pensait alors que dès qu'il pourrait il prendrait des contacts près d'eux pour leur proposer des livraisons de bon bois de chauffage d'Auvergne que son cousin

Bébert aurait la possibilité d'effectuer pour développer davantage son activité, voyant en gestionnaire une belle opportunité commerciale à saisir.

L'étudiant voulait aussi s'accorder quelques loisirs et par un beau jour de printemps Léo lui faisait découvrir le prestigieux quartier de Montmartre.

Ils grimpaient la célèbre Butte avant de flâner sur la Place du Tertre, verte comme la place d'un village d'Auvergne, mais peuplée ici d'artistes, peintres, sculpteurs, etc.., travaillant au milieu du public admirateur, rêveur devant ces œuvres prestigieuses. Archibald était ébahi par sa présence dans ce milieu et ce tel décor n'oubliant jamais d'où il venait.

Tous deux se rendaient ensuite à l'inévitable découverte du Sacré-cœur et son exceptionnel panorama sur Paris.

Archibald se recueillait longuement pensant à sa famille avant d'interpréter « a cappella » son incontournable « Avé Maria » réjouissant son ami Léo qui ne l'avait jamais entendu dans ce registre qu'il avait adoré.

Au lendemain de ce jour de détente venait la reprise des études aux résultats à la hauteur du travail accompli, comme ceux obtenus au sein de la troupe de chanteurs où régnait un bon état d'esprit, de camaraderie, de solidarité.

Tout en travaillant, Archibald ne cessait de penser à son avenir, à l'espoir un peu fou d'une rencontre avec Monsieur Eiffel, d'une future gestion d'entreprise industrielle, artistique, ou autre, se demandait-il ?, mais par l'intervention du directeur du lycée, Archibald recevait une proposition de rendez-vous avec Monsieur Gustave Eiffel et son directeur d'établissement, que tous deux acceptaient immédiatement comblant de joie l'audacieux étudiant.

La rencontre avait lieu quelques semaines plus tard dans les bureaux de l'ingénieur.

Après les présentations d'usage, Archibald ne cachait rien de son parcours, laissant admiratif le chef d'entreprise pour sa franchise, son courage, sa volonté, ses ambitions, ses réussites et ses sacrifices.

Le jeune visiteur le félicitait avec des paroles pleines d'émotions pour la réalisation de cette extraordinaire tour avant de lui évoquer longuement le viaduc de Garabit qu'il avait eu le plaisir de visiter avec son maître d'école.

Gustave Eiffel remerciait le garçon et le félicitait pour son intérêt et ses pertinentes observations lors de ses visites.

Le directeur du lycée profitait de cette aubaine pour faire savoir à Monsieur Eiffel que dans son parcours d'étudiant, ce jeune lycéen serait amené dès la prochaine rentrée à pratiquer des stages en entreprise et qu'une formation dans un tel établissement serait pour lui une haute récompense et beaucoup d'honneur.

Gustave Eiffel touché par le parcours et la volonté de son hôte, leur promettait d'accepter le moment venu le jeune homme en formation d'alternance jusqu'à l'obtention de son diplôme de gestionnaire d'entreprise.

Archibald vivement touché par cet engagement remerciait de tout cœur Monsieur Eiffel d'une petite larme d'émotion et de bonheur au coin de l'œil.

A son retour au lycée Archibald encouragé par les fruits de sa visite redoublait de confiance en lui et en son avenir, voyant les routes de ce voyage du futur beaucoup moins sinueuses que celles du petit saltimbanque.

Ses activités continueront ainsi jusqu'à la fin de l'année scolaire avant de rentrer dans son Pays d'Auvergne en Août, les spectacles parisiens faisant relâches.

Dans cette attente son ami Léo l'avait convié à déjeuner un jour de repos chez ses parents où Archibald se retrouvait ainsi à découvrir, tel un rêve, un véritable appartement Haussmannien.

Cette rencontre était très enrichissante au plan culturel pour l'enfant du voyage auprès du papa de Léo, haut fonctionnaire, amoureux des arts et des lettres qui portait beaucoup d'intérêts à connaître de la vie de Archibald et de ces gens du voyage.

Ainsi se poursuivront les jours jusqu'à son retour au village où il retrouvait des parents très fiers de leur fils et surpris de le voir aussi élégamment habillé.

Ses cousins, Jason et bien sûr Marin étaient ravis de le revoir ainsi que Paul, Tatave, le Père Célestin, ses amis de la chorale et ses copains d'école devenus de véritables employés chez leurs parents. Hélas il ne pourra pas voir Ambroise qui travaille à la tannerie, mais il voit son ami Côme qui avait plaisir à lui offrir une statuette de sa pierre très blanche réalisée dans sa formation de sculpteur.

Ses rencontres seront évidemment nombreuses pendant son séjour mais Archibald se fera un devoir d'aider sa famille et les conseiller à la gestion de leurs affaires qui se développaient de mieux en mieux.

Puis arrivera le retour à Paris où Archibald reprendra sa vie étudiante et artistique, puis bientôt son alternance à l'entreprise Eiffel. Ainsi se continuera sa vie de chanteur et d'étudiant pendant quelques années, au même rythme, avec une même rigueur, mais aussi à une constante évolution qui le conduiront à une brillante réussite de formation de gestionnaire à l'issue de laquelle il reviendra prendre un repos salutaire au village.

Il y retrouvera sa famille, ses amis, mais aussi un Marin qui disait être de plus en plus fatigué par le nombre de ses années qu'il commençait à trouver bien lourdes à porter.

Désormais c'était une vie professionnelle qui s'ouvrait à « l'enfant du voyage » gestionnaire diplômé et employé de l'Entreprise.

Son ami Léo terminait aussi sa formation de styliste et pour sa qualification il devait réaliser une très élégante tenue masculine.

Il demandait à Archibald de lui servir de modèle pour des vêtements qu'il conserverait après l'examen.

C'est ainsi que l'on voyait plus tard un jeune et bel Archibald se promener avec une très grande élégance, chapeau haute forme sur la tête dans les rues étroites et colorées du Montmartre de la Belle Époque, ce même modèle de chapeau qui lui servait autrefois à récolter quelques petites pièces pour nourrir la famille.

Quel chemin et que d'émotions il vivait alors, voyant se réaliser sous une autre forme, mais se réaliser, un grand élément de ce rêve et croire, comme lui avait dit Marin, que les rêves étaient faits pour être réalisés, même s'ils ne se déroulaient jamais précisément comme les scènes qui avaient été vécues dans les images d'une nuit merveilleuse.

- DÉBUT de CARRIÈRE -

Archibald est maintenant un jeune homme de dix sept ans, qui a quitté sa pension de « chanteur-étudiant » pour habiter un joli studio dans un petit hôtel de « bougnat » près des bureaux de son entreprise à Levallois-Perret.
Il vient de commencer son premier emploi de salarié avec l'immense satisfaction de travailler dans cet établissement de très haute renommée internationale. Son salaire est important pour son très jeune âge, bénéficiant de la connaissant des méthodes de travail de l'entreprise grâce de sa formation alternée des années précédentes.

Nous étions en juillet, l'Exposition Universelle était terminée depuis près de trois ans. Des millions de visiteurs, soit environ douze mille par jour s'étaient pressés pour voir la Tour la plus haute du monde qui maintenant s'appelait définitivement la « Tour Eiffel ».
Le jeune employé se livre avec ardeur à sa tâche car les retombées commerciales de l'exposition sont très importantes et il doit collaborer pleinement avec les ingénieurs, les dessinateurs et autres techniciens à la réception

des délégations de nombreux pays pour étudier leurs idées et avant-projets envisagés.

Archibald vit sur un véritable nuage, il est heureux, fier de lui et reconnaissant à ceux qui l'ont tant aidé dans sa réussite, cette réussite qui est aussi la leur.

Archibald est maintenant quelqu'un à l'emploi du temps très chargé qui veut donner une priorité absolue à son travail. La conséquence ne se fait pas attendre, il faut nécessairement réduire les temps consacrés aux spectacles et il informe le directeur de la troupe qu'il se retire du groupe et lui propose de ne faire que quelques représentations très ponctuellement. L'intéressé refuse cette idée, il veut sa présence chaque fois que cela lui est nécessaire.

Archibald maintien ses propos et sans plus attendre met fin à son contrat grâce à une clause que Marin avait glissé dans le contrat et qui était passée inaperçue aux yeux du directeur parisien qui pourtant pensait avoir un contrat en « béton » qu'un petit provincial ne saurait pas déjouer.

La tension était réelle entre les deux hommes mais le chanteur, qui était aussi un jeune homme sachant faire preuve d'autorité disait qu'il ne reviendrait pas sur sa décision, que la cause était entendue et il se retirait.

Libéré de cette trop lourde charge Archibald invitait son ami Léo à dîner dans le nouveau cabaret de Montmartre,« Le Moulin Rouge », qui avait ouvert en octobre 1889 vers la fin de l'Exposition, afin de passer une bonne soirée de détente entre amis.

Au lendemain l'employé reprenait son travail au bureau l'esprit soulagé car il ne pouvait plus assumer toutes ses activités, se donnant alors le temps de réfléchir à une occupation secondaire s'il y avait lieu pour améliorer plus encore ses revenus car Archibald a toujours un gros appétit d'argent.

Les semaines passent, mais l'ex-saltimbanque ne voit pas le temps filer tellement passionné par son travail, et ses résultats qui lui valent rapidement de nouvelles responsabilités avec une augmentation de salaire.

Le jeune employé exulte dans sa nouvelle vie, dans son très confortable studio.

Il fait de belles rencontres et autres relations professionnelles parmi ses collègues avec des enseignements enrichissants.

Archibald est un garçon heureux qu'il ne manque pas de faire savoir à sa famille, ne pouvant leur rendre visite avant quelques mois, pas avant Noël.

La vie se poursuivra ainsi et très amicalement avec Léo comme avec quelques autres belles relations, partageant sorties et loisirs de jeunes gens de la vie parisienne.

Le visage des rues de Paris change, la population n'est plus tout à fait la même, des touristes ont laissé leur place aux gens qui travaillent, les jours sont plus courts, une nouvelle saison arrive, les arbres de la Place du Tertre perdent leurs feuilles, les personnages des arts et de la peinture ont rentrés leurs chevalets et établis pour travailler dans leurs ateliers et Archibald commence à penser à son retour pour quelques semaines de repos dans son cher village qu'il espère voir enneigé pour un plus beau décor de fin d'année, puis enfin arrive le jour de ce retour.

A son arrivée Yoyo et Margot sont tout sourire sur le quai de la gare pour serrer dans leurs bras ce fils, ce filleul exceptionnel de courage, de volonté, de réussite, cet homme beau comme un dieu dans ses plus beaux habits, sans toutefois s'être coiffé de son habituel chapeau haute forme.

C'est un bonheur immense qui est partagé là en famille mais avant de rejoindre la maison familiale Archibald tient à vouloir saluer Marin qui se trouvait un peu trop fatigué pour venir lui aussi accueillir son protégé.

Marin était très heureux de voir dès son retour son cher Archibald, regrettant de souffrir de plus en plus de fortes douleurs et d'une grande fatigue.

Archibald promettait à Marin de venir lui rendre une longue visite dès le lendemain pour lui apporter son aide pour quelques besoins qu'il pourrait avoir avant de lui conter son travail et sa vie à Paris de par sa généreuse bienveillance.

Le lendemain Marin tout sourire recevait avec joie son « petit Archibald » qui lui disait et expliquait avec enthousiasme sa nouvelle vie, son travail de gestion, des devis et dossiers dans son impensable entreprise, la confiance qui lui était accordée et le bonheur qu'il rencontrait chaque jour grâce à la générosité et à la conviction de réussite qu'il avait eue à son égard et que pour toujours il aura une profonde et respectueuse reconnaissance.

Marin le remerciait de ses mots, lui disait combien il était heureux et fier de lui, de son succès et combien il avait eu raison de croire en lui, mais Marin abordait sans tarder un tout autre sujet en disant qu'il était très préoccupé par ses difficultés de plus en plus grandes à se déplacer, à gérer ses biens, ses propres affaires, et qu'il aurait toute confiance dans sa capacité comme dans sa discrétion pour lui venir en aide.

Archibald était très touché par ce témoignage de confiance et disait à Marin qu'il était à son entière disposition pour lui apporter les services qu'il aurait besoin.

Marin commençait alors à lui faire part de ses propriétés et du suivi qu'il devrait y apporter pour assurer au mieux sa gestion financière, immobilière, et foncière de tous ses biens.

Le confident l'assurait de sa disponibilité, de son entière discrétion et Marin abordait alors sa première préoccupation qu'était sa forêt qu'il aimait tant avec ses arbres magnifiques qu'il n'avait pas revus depuis ce beau jour de leur pique-nique avec Jason.

Le garçon lui proposait de le conduire dès le lendemain à la forêt avec la roulotte et que tous deux pourraient être accompagnés de son papa et du cousin Bébert, la propriété de cette forêt étant connue de tout le monde.

La proposition réjouissait Marin qui acceptait cette invitation où, sur place, Marin vivait un immense bonheur, demeurant immobile devant ses pins, ses chênes exceptionnels presque centenaires qu'il aimait tant, et autres sujets de valeur.

Certes il y avait un peu de travail à faire mais la situation n'était pas trop critique, alors Bébert qui avait beaucoup apprit dans son commerce de bois se proposait de réaliser le nettoyage qui s'imposait, de couper et acheter le bois de chauffage qui était bon à commercialiser pour satisfaire les importants besoins de sa clientèle et de stockage. L'accord était assez rapidement conclu entre les deux hommes sur les prix et le volume à traiter sous le contrôle de Archibald qui remplissait déjà les attributions que Marin lui avait confiées à la surprise de Bébert, et l'amusement de son papa car le garçon avait bien protégé les intérêts de Marin.

De retour à sa résidence Marin félicitait Archibald pour son impartialité dans la négociation des ventes de coupes de bois.

Il lui demandait ensuite d'aller voir sur place la situation de ses propriétés immobilières, dont la maison où habitent sa gouvernante Juliette et son mari Joseph, le sacristain, afin de savoir s'il y a des travaux à envisager pour améliorer leur bien être, mais aussi de se rendre dans une petite ferme louée par de courageux paysans qui ont bien du mal à gagner leur vie avec leurs enfants.

Une autre mission que Archibald réalisait avec satisfaction par l'intérêt qu'il portait toujours à la construction, après quoi il conseillait à Marin de réaliser quelques menus travaux qui allaient s'engager rapidement ainsi que sur sa propre demeure où « l'enfant du voyage » séjournait pendant son congé.

Son temps de repos était un peu court mais il avait pu réaliser les visites que souhaitait Marin et rencontrer quelques copains d'école restés au village avant de regagner son bureau parisien rempli de satisfactions par la réussite et la joie de vivre de ses parents et de ses cousins sur ses conseils, puis l'extrême confiance que son cher bienfaiteur lui avait manifestée.

Le travail et la vie parisienne reprennent, Archibald retrouve son ami Léo qui l'invite un dimanche à se rendre tous deux au Moulin Rouge qui est déjà un lieu de spectacles très réputé dans Paris et au cours de leur déjeuner un producteur reconnaît le jeune chanteur qu'il vient rencontrer immédiatement car il doit préparer une opérette pour ce cabaret et sa voix lui est nécessaire.

Archibald se laisse convaincre et se donne de nouveau avec plaisir lors des répétitions avant de se produire pour trente représentations, mais dans cette troupe il fait aussi connaissance avec une grande et jolie chanteuse que l'on appelle Bertille, sans que le contre-ténor y porte une attention particulier. C'était mal connaître la jeune femme qui avait été séduite par ce talentueux interprète qui un jour succombait au charme de la belle.

Tout les unissait, le talent, le charme, le courage, la volonté, la générosité, l'amour d'autrui, et pourtant tout les opposait.

Elle était grande, il était petit, elle avait de longs cheveux roux, lui des cheveux courts et noirs, elle était d'un milieu bourgeois, lui un milieu pauvre et nomade, elle voulait voyager à travers la France pour chanter, s'amuser, lui voulait rester sédentaire et travailler en dehors du spectacle, c'est pourquoi ils deviendront plus amis qu'amants au fil du temps.

A la fin de cette série de spectacles Archibald était aussi satisfait que fatigué se promettant de ne plus refaire ce genre d'expérience, son travail quotidien étant son seul objectif malgré la proposition qui lui était faite de partir en tournée avec la troupe pour une longue série de galas en France. Archibald refusait et c'est Bertille qui essayait de le convaincre en le menaçant de mettre fin à leur relation.

Sans aucune hésitation, lui qui avait maintenant une vingtaine d'années lui disait que c'était inutile d'insister, les voyages de saltimbanques il connaissait, que ce non aux voyages et aux spectacles était définitif comme la fin de leur relation, une relation pour laquelle il n'avait jamais porté un grand intérêt.

Archibald repartait à son bureau l'esprit serein, comme soulagé de voir cette trop longue étape terminée, mais en mémoire un merveilleux et extraordinaire souvenir de ce Moulin Rouge.

Son activité se poursuivra encore quelques années, s'améliorant sans cesse par des stages de perfectionnement, puis un jour il recevait une étonnante proposition d'emploi d'une nouvelle et importante entreprise de son village qui retenait toute son attention et un vif intérêt.

Prenant une semaine de disponibilité il rentrait pour un entretien au cours duquel il découvrait la fonction proposée qui le séduisait pleinement et qu'il acceptait aussitôt afin de revenir dans son cher pays d'Auvergne même s'il aimait la vie parisienne de cette belle époque.

Ses parents étaient fous de joie à savoir leur enfant revenir au pays car c'était pour occuper les fonctions de directeur-adjoint en charge de la gestion d'un grand établissement thermal que « l'enfant du voyage » était recruté.

Ses parents, sa famille, ses amis étaient heureux, mais comment oublier l'immense joie que Marin pouvait ressentir au fond de lui même, lui qui avait toujours eu confiance dans l'avenir de cet enfant, lui à qui il avait confié il y a peu la gestion de ses biens, lui qui avait dit un jour à cet enfant, « Mon garçon les rêves sont faits pour être réalisés » et là ils se réalisaient comme Archibald l'avait conter.

Quelques semaines plus tard l'enfant rentrait au pays dans le beau costume que Léo lui avait offert, chapeau haute forme sur la tête et canne à la main, ce qui amusait beaucoup sa maman et sa marraine, leur rappelant le chapeau avec lequel Yoyo quêtait près de leurs spectateurs.

Quel chemin, quelle joie, quel bonheur tu nous donnes aujourd'hui Archibald avec ton retour au pays pour travailler dans cette belle entreprise grâce à ton courage et à ta volonté d'exercer un beau métier pour gagner beaucoup d'argent comme tu disais, et rendre toute la famille heureuse.

Archibald s'installait désormais sur l'ensemble du premier étage de la résidence devenant son lieu de vie chez Marin qui appréciait cette rassurante présence pour lui qui se voyait en homme âgé, affaibli, diminué.

Les enfants de cette époque de l'école de Monsieur Paul devenaient maintenant la nouvelle génération active de ce village devenu très animé.

L'instituteur ne cachait pas sa satisfaction de la réussite de ces enfants, fruit de l'enseignement transmis, de son savoir.

C'est ainsi que l'on voyait Jules remplacer son papa à la boulangerie, Georges devenir un menuisier qualifié au côté de son père qui avait développé son entreprise, Auguste vendeur à la quincaillerie de son grand-père.

Ambroise n'était pas revenu ici mais il ne travaillait plus dans la tannerie, le vieux cordonnier chez qui il allait lui ayant offert son atelier, il était devenu un cordonnier réputé et fabricant de chaussures à Aurillac.

Côme, excellent tailleur de pierres et sculpteur travaillait en différentes villes à la construction ou à la rénovation de grands édifices.

Après avoir pris ses nouvelles fonctions et ses marques, Archibald conviait tous ces gens qui avaient été près de lui en tous temps et toutes circonstances pour un dîner amical, où, entouré de ses parents, ses cousins, son « grand-frère »

Jason, on voyait Marin installé près de lui, puis Monsieur le Maire Tatave, Paul, l'instituteur, le Père Célestin, curé de la paroisse, ses copains d'école, ses amis de la chorale, les musiciens et évidemment Monsieur le Directeur des Thermes, son nouvel employeur.

Dans ses mots « L'Enfant du Voyage » devenu l'enfant du pays, remerciait chacun de sa présence et disait sa satisfaction des liens qui avaient toujours été entretenus avec tous et avouait que le village et leur présence commençaient à lui manquer sérieusement, même s'il avait eu plaisir à vivre la vie parisienne en cette belle époque, mais disait aussi combien il avait mesuré que lorsque l'on coupe un arbre il disparaît de la vue, mais ses racines demeurent là où il était debout, et que le retour en ce lieu lui était un jour inévitable.

Il finissait ses mots sous des applaudissements nourris de la salle du restaurant où se déroulait ce convivial repas.

Des liens solides se nouaient dans cette nouvelle génération au fur et à mesure que les plus anciens se retiraient des activités qu'ils avaient conduites au prix de durs efforts, mais ce n'était que la vie qui se renouvelait pour mieux continuer. Il en était ainsi dans le travail comme dans la vie publique, ce qui conduisait un jour Tatave, Maire de la commune, à demander à Archibald de conduire une liste pour les prochaines élections municipales.

Archibald qui avait maintenant un peu plus de vingt cinq ans acceptait la proposition et réunissait sans problème avec lui ses bons copains d'école pour former une solide équipe dynamique, soucieuse de promouvoir toujours plus leur commune.

Les électeurs accordaient une large confiance à ces nouveaux et jeunes candidats où quelques oppositions étaient naturellement présentes, mais Archibald devenait le nouveau Maire de la commune avec Auguste, petit-fils du maire sortant, premier adjoint.

Marin vivait alors un exceptionnel bonheur avec l'élection de « son » Archibald, Maire.

Il était heureux, lui qui avait pensé depuis longtemps que ce jour devait arriver et qu'il n'avait aucun doute pour qu'il soit à la hauteur de cette tâche pour le bien-être des villageois.

Marin avait dès lors un esprit tranquille ayant le sentiment d'avoir accompli sa mission, son plus cher souhait, une sorte de rêve personnel, en faisant de cet « enfant du voyage » analphabète, un homme instruit, sédentaire, porté à la tête de la commune.

La vie se déroulait au pays avec une importante activité de l'entreprise thermale, de la gare de chemin de fer, des hôtels avec curistes et touristes, des transports de marchandises, des wagons de bois et de charbon avec Bébert et Nono, les restaurants, la boutique de Yoyo et Margot aux splendides pièces de vannerie de Lulu, etc .....
Puis un jour le Directeur-adjoint voyait par hasard une cliente se présenter à la réception des Thermes, reconnaissant aussitôt son ex-amie Bertille. Ils échangeaient quelques mots avant qu'il ne lui propose de la recevoir dans son bureau, ce qu'elle acceptait volontiers.

Bertille félicitait vivement Archibald pour son joli parcours, lui disait séjourner dans le Grand Hôtel de la Gare le temps de ses soins avant de lui conter ses aventures et mésaventures depuis qu'ils s'étaient quittés. Elle lui disait encore qu'il avait eu raison de ne pas faire la tournée qui s'était mal passée et terminée plus tôt que prévu par mauvaise ambiance, mauvais résultat, à la suite de quoi elle avait voyager dans des pays voisins en faisant de « petits boulots », quelques maigres cachets dans une revue de chants lyriques puis un retour à la maison où elle avait reçu beaucoup de reproches pour son comportement qui n'était pas digne de la famille. Les liens trop tendus l'avait conduite à prendre de la distance et ainsi accepter un travail d'hôtesse au « Moulin Rouge » avec l'espoir de retrouver une troupe ou quelques cachets dans une nouvelle revue, puis avec ses économies elle avait décidé de venir aux Thermes de Vic-sur-Cère, ayant appris tous ses bienfaits.

Le Directeur-Adjoint la remerciait et félicitait de ce bon choix, puis l'invitait à dîner un soir au restaurant de son hôtel. Après un très amical repas Archibald rentrait à sa résidence.

Au lendemain de cette rencontre imprévue, Monsieur le Maire tenait sa première réunion de Conseil Municipal et présentait un programme actif de travaux pour dynamiser encore plus leur commune malgré de fermes mesures d'économies.

Chacun s'attachait ardemment à la mise en place du programme avec de nouvelles activités d'accueil et d'animations afin que les visiteurs découvrent la valeur des monuments, des paysages, des sites que leur joli Cantal offrait à ses visiteurs et qu'ils ne trouvent jamais un seul instant d'ennui.

On indiquait la direction du square avec son kiosque où l'on buvait son eau ferrugineuse, bicarbonatée, naturellement gazeuse, toujours à la température de 12° sous l'ombre d'un magnifique séquoia.

De confortables calèches conduisaient les touristes vers les sublimes « Gorges du Pas de Cère » ou pour une plus longue ballade le cocher conduisait ses passagers sur la route du Lioran aux xceptionnels panoramas envoûtants.

Pendant ce temps d'autres résidents admiraient dans cette vie tranquille, pleine de générosité de magnifiques maisons bourgeoises ainsi que la demeure des Princes de Monaco, de la reine Margot, ou encore du Chevalier des Huttes, et puis ces vitrines des nombreux commerces au chaleureux accueil.

C'est comme ça que se déroulait la vie dans cette charmante cité où se croisaient sur les marchés ces riches curistes avec les pauvres paysans qui venaient vendre leurs excellents fromages du Cantal, des volailles et du beurre de leurs fermes, du bon lait cru, des œufs et des légumes de leurs jardins.

Monsieur le Maire venait chaque semaine saluer les acteurs du marché et échangeait quelques mots avec chacun pour s'informer de leurs souhaits ou de leurs préoccupations, sauf qu'un jour il était fait appeler par la gouvernante pour lui faire savoir que Monsieur Marin était au plus mal.

Archibald se précipitait à la résidence après avoir fait demander le médecin qui, hélas, à son arrivée ne pouvait déjà que constater le décès de ce généreux personnage.

Archibald était effondré, la nouvelle se répandait comme une traînée de poudre sur la place du marché, car Marin, ancien notaire était un personnage extrêmement bien considéré ici comme dans toute la région pour sa droiture et sa philanthropie.

N'ayant plus aucun membre de famille, c'est le Maire Archibald qui veillait à l'organisation des funérailles de Marin qu'il avait toujours considéré pour son maître à penser.

Une foule considérable était aux côtés de Archibald pour accompagner Monsieur Marin dans sa dernière demeure.

Archibald torturé au plus haut point souffrira très longuement de cette disparition, mais un autre sujet était à régler, Archibald demeurant à son domicile.

Alors dès le lendemain il se rendait chez le notaire, successeur de Marin, pour l'informer qu'il allait quitter la résidence de suite comme il se doit, mais le notaire lui disait d'attendre quelques jours car il devait le convoquer en sa qualité de Maire et en présence de l'ex-maire Gustave, deux conseillers municipaux, le Père Célestin et Paul, l'instituteur, pour l'ouverture d'un testament déposé en son Étude.

Archibald se conformait à ces directives.

En attendant cette convocation il poursuivait ses activités quotidiennes et disait à Juliette, qui elle aussi commençait à se faire âgée, de prévoir en la circonstance quitter son emploi à la fin du mois. La vie continuait pour Archibald comme pour chacun, puis arrivait ce jour devant le notaire.

Celui-ci donnait lecture à haute voix devant Monsieur le Maire et les témoins, le contenu du document par lequel Marin désignait Archibald, « L'enfant du voyage », Légataire Universel de la totalité de ses biens à savoir :

la résidence de son domicile personnel cadastré ….

une maison d'habitation occupée par les époux Joseph et Juliette, sa gouvernante, cadastrée ….

une ferme de 12 hectares louée par les époux Jules et Marie Dusancy, cadastrée ..

une exploitation forestière de 90 hectares sur la commune de Vic-sur-Cère, cadastrée …

un capital d'argent porté aux comptes de l'Étude, un coffre-fort au domicile du défunt avec son contenu dont la clé et la combinaison sont déposés à l'Étude.

Sans observation ni objection formulées par les témoins à l'issue de la lecture des pièces, le notaire déclarait l'exécution immédiate des présentes dispositions, et remettait à Archibald les titres de propriétés.

Archibald prenait sa tête dans les mains pour se fondre en larmes d'émotions, d'amour, de reconnaissance et de respect.

A l'issue de ce rendez-vous, Archibald invitait les témoins à l'accompagner pour se recueillir devant la tombe de cet homme qui avait encore prouvé son admiration et sa générosité hors du commun pour cet enfant, ce « petit-fils » qu'il n'avait jamais eu.

C'était là d'une très grosse fortune que venait d'hériter « l'enfant du voyage » et beaucoup d'interrogations lui venaient en tête pour gérer cet exceptionnel patrimoine.

Il désirait savoir se montrer digne et généreux par son esprit altruiste envers les plus pauvres du village comme l'avait été Marin.

Pour cela il voulait prendre un temps de réflexion, mais il ne tardait pas plus longtemps pour annoncer à Juliette, lui tendant une jolie enveloppe, qu'il lui était temps d'arrêter de travailler, prendre un repos mérité avec Joseph et que maintenant ils pouvaient tous deux continuer à habiter leur maison à titre gratuit, se refusant à toutes redevances le temps de leur vie, en mémoire à la générosité de Marin.

Après un temps où il commençait à approcher la mesure de la réalité de sa situation et de sa fortune, il rendait visite aux époux Dusancy qui étaient ces pauvres petits paysans qu'il avait rencontrés une fois à la demande de Marin.

Sans important ni bon matériel pour travailler ils avaient même besoin d'aller faire quelques journées de travail dans de plus grosses fermes pour gagner un peu plus d'argent.

Archibald était naturellement très touché par leur malheureuse situation et leur demandait à voir précisément l'étendue et l'état des terres, de leur cheptel, composé alors d'un âne, trois vaches, deux cochons, deux chèvres, des lapins, des poules et des canards qu'il voyait dans une mare au fond de la cour, quand au matériel il était réduit à sa plus simple expression avec une petite charrue pour son âne, un tout petit tombereau, deux faux à main, des outils anciens et usagés.

Devant la peine et l'interrogation de ces gens remplis de courage et de volonté face à leur nouveau propriétaire, celui-ci leur disait bien comprendre leurs difficultés pour vivre avec leurs deux enfants, et que pour cela et en mémoire à la générosité de Marin, il leur offrait deux années de fermage afin d'acheter une ou deux vaches de plus s'ils voulaient ainsi qu'un meilleur matériel tout en leur tendant à eux aussi une enveloppe de plusieurs billets.

Ces braves gens étaient profondément touchés par la valeur de ce geste. Ils le remerciaient vivement en lui offrant généreusement une bien modeste tasse de café qu'il acceptait.

Il les invitait ensuite à venir le rencontrer, à leur grand étonnement lors de la prochaine foire.

Le rendez-vous était tenu et c'est alors que Archibald demandait à Jules, « quel est à votre avis le plus beau cheval de trait présenté sur le foirail ».

Attentif et fier d'une telle demande venue de son propriétaire, mais surtout de Monsieur le Maire que chacun tentait d'approcher, le petit paysan disait, « Monsieur, pour mon avis le meilleur cheval c'est celui-là », et quelqu'un lui disait, « pour sûr mon gars tu t'es pas trompé ». Archibald demandait au marchand à quel prix pouvait être ce cheval.

Archibald négociait un peu et payait aussitôt au marchand qui était du pays, ce beau cheval gris en disant «Jules, maintenant ce cheval est à vous, il ne vous reste plus qu' à l'emmener à la ferme, je vous l'offre pour vous aider, vous êtes de braves gens », j'apprécie votre courage.

Jules et son épouse pleuraient de bonheur, embrassaient Archibald pour le remercier et disaient, « mais c'est pas possible Monsieur d'être aussi bon que ça avec nous, là on va pouvoir bien travailler la terre, avoir plus de rendement et gagner beaucoup plus d'argent ».

« Je suis heureux de vous faire plaisir répondait Archibald, vous êtes de braves gens , je sais que vous ferez du bon travail, je veux vous voir heureux dans votre ferme et dans la vie avec vos enfants ».

La grandeur du geste surprenait certains alors que d'autres disaient ne pas en être surpris car ainsi était « l'homme » Archibald qui lui aussi avait souffert de la pauvreté, et Jules partait fièrement en tenant d'une main ferme son solide percheron qu'il avait aussitôt appelé « Généreux », et lui avoir donné de multiples caresses sur sa belle robe grise.

Maintenant il ne restait plus qu'un point à traiter, la gestion de la forêt. Il ne voulait pas faire d'erreur car Archibald, à l'image de Marin voulait porter une extrême attention à la bonne gestion de ces arbres de grandes valeurs, nobles matériaux, poumons verts de la vie, du village, et source importante de travail et de revenus.

Alors pour cela il voulait demander les conseils d'un ingénieur forestier.

Bébert n'était évidemment pas d'accord, mais le cousin Archibald lui disait, « je suis le propriétaire de la forêt et je veux décider librement de quelle façon elle sera exploitée ». Les mots étaient clairs, Bébert avait tout compris, Nono souriait au fond de son cœur en pensant, tu sais qui est le patron aujourd'hui !

- UNE AUTRE VIE -

Une nouvelle vie commençait pour Archibald dans cette belle et grande demeure où se retrouvant seul il proposait sans retard avec joie à ses parents de venir habiter l'appartement du rez-de-chaussée qui était occupé par Marin. Leur présence serait pour lui un autre grand bonheur qui était écrit dans cette nuit de rêve, ce qui permettrait aux cousins Margot, Bébert et Lulu de disposer de meilleures conditions de logement.

Yoyo et Nono se regardaient émus, ne sachant que dire à leur fils de cette proposition, même si tous deux enviaient de résider dans une telle demeure que jamais ils n'auraient pu imaginer, n'ayant connus la vie que dans une roulotte.

Après s'être isolés pour parler quelques instants ils revenaient vers Archibald et la maman disait en l'embrassant, « merci mon fils de nous offrir autant de bonheur à vivre avec toi dans cette aussi belle résidence que tu as reçue de par ta volonté et ton courage à vouloir apprendre à lire, écrire, compter, pour un jour nous rendre heureux », et lui de répondre « je ne fais que mon devoir d'enfant, aider ses parents.»

« Oui mais tu es tellement bon et généreux mon fils, même si tu as hérité d'une grosse fortune tu ne nous dois rien » disait sa maman.

Après quelques jours les parents s'installaient, heureux, et désormais c'était Yoyo qui prenait les commandes de la cuisine et des travaux ménagers en partageant son temps entre cette grande et belle maison et son magasin d'objets de décorations qu'elle gérait avec Margot et Lulu, la famille étant toujours très unie.

Cela faisait presque trois semaines maintenant que Marin avait quitté ses amis. Archibald très marqué par le poids de son important héritage reprenait le sens de ses affaires professionnelles et municipales, puis un matin la réception de son entreprise l'informe qu'une dame appelée Bertille avait sollicité un rendez-vous vers 14h00, ce qu'il acceptait.

A l'heure dite l'intéressée se présentait.

Ayant eu connaissance des évènements qu'il avait connus et dont elle avait entendu parler sur la mort de Marin, elle lui présentait ses condoléances à la suite de quoi elle disait toute sa satisfaction pour la qualité des services de son établissement, l'informant qu'elle allait repartir dans quelques jours, mais avant ce départ elle souhaitait l'inviter à dîner au restaurant de son hôtel.

Archibald la remerciait de son attention mais déclinait cette proposition en se justifiant avoir de nombreux rendez-vous tardifs à honorer chaque jour par ses activités professionnelles ou municipales avec son élection de Maire.

L'intéressée était très déçue, disant comprendre ses obligations, sans grande sincérité.

Archibald voulait rester un homme libre dans sa vie, disponible pour étudier et mettre en œuvre une multitude d'actions au sein de ses différentes activités comme dans ses biens personnels, en particulier sa forêt qui lui tenait tant à cœur après sa rencontre avec l'ingénieur forestier qui lui conseillait d'exploiter lui-même ce beau massif en créant une entreprise pour travailler ce bois d'œuvre car les chantiers de constructions manquaient de matériaux de cette qualité exceptionnelle.

Là, Archibald était resté dubitatif et réservé pour se lancer dans une telle opération, alors il décidait d'aller avec Nono, son père à Paris et consulter quelques cabinets conseils qu'il avait connus sur cette idée. Archibald exposait l'idée qui lui avait été soumise. En un instant il lui était dit « Archibald il faut le faire tout de suite les chantiers manquent de ces matériaux pour les bâtiments Haussmanniens, cette fourniture qualitative sera courue à prix d'or, alors foncez dans ce projet.

Archibald avait connu un bon architecte, son papa était largement dépassé par l'évènement mais tellement réjoui, et ils arrivaient dans ce bureau où, là, il lui était répondu « Je vais vous réaliser au plus vite les plans d'une scierie pour exploiter de suite ces bois exceptionnels avec tous les équipements les plus modernes de moteurs et de machines, tellement les métiers ont besoin de ces matières.

Nono débordé par ces propos se demandait comment les pauvres saltimbanques qu'ils avaient été pouvaient en être arrivés là ?

Simplement par le courage et la volonté de son fils qui voulait apprendre, être instruit, être riche, se répétait il en silence avant que les discussions aillent bon train au cours d'un dîner avec l'architecte, et avant leur retour.

Ainsi prendra naissance cette nouvelle activité au village, mais déjà il fallait abattre les premiers arbres sélectionnés, des bûcherons étaient recrutés. Nono devenait le chef de ce chantier qui contribuait à fournir quantité de marchandises à Bébert pour sa plus grande satisfaction en lui permettant d'augmenter ses volumes de bois de chauffage et d'expéditions par wagons.

Seulement Archibald demeurait gestionnaire et demandait à son père de sélectionner le bois d'œuvre et trier les bois destinés au chauffage en trois catégories de prix. Il y aura une première qualité avec les meilleures morceaux, une seconde moins chère avec de moins grosses branches, et une troisième de moindre valeur, certes, mais qui sera offerte aux habitants de la commune les plus défavorisés.

Un an plus tard l'usine se mettait en marche, les commandes de poutres, chevrons et autres pièces explosaient, des ouvriers recrutés chez les scieurs de long avaient de bons salaires dans cette usine ultra-moderne, beaucoup d'hommes voulaient y venir travailler car la durée du travail chez ce patron était de quarante cinq heures par semaine avec un repos le samedi après-midi et le dimanche.

Pendant ce temps Monsieur le Maire avait proposé à sa Municipalité de donner le nom de « Marin » à une place ou une rue de la commune, ce qui était approuvé à l'unanimité pour la Place du Marché.

Archibald demandait alors à son ami Côme, tailleur de pierres et sculpteur, de réaliser des plaques en pierre blanche de Crazannes avec l'inscription :

PLACE MARIN
Notaire
Philantrope

car Marin avait aussi fait preuve de beaucoup de générosité pour l'école et des pauvres du village, comme à lui-même.

La population approuvait pleinement cette idée, et Côme ce fils de pauvres paysans créait lui aussi son entreprise de maçonnerie et pierres de taille à la grande satisfaction de tous ces gens qui voyaient les enfants du village apporter toute leur énergie à la vie de la commune.

Auguste, qui avait repris la quincaillerie de son grand-père était toujours à la pointe du progrès, à la recherche de produits nouveaux tandis que Jules succédant à la boulangerie de son père transformait sa trop ancienne boutique en un joli magasin moderne apprécié des habitants et des clients de passage.

Puis arrivait le jour attendu de l'inauguration de la « Place Marin » et de l'usine de Archibald.
Les invités étaient nombreux et l'on voyait avec les autorités locales et les notables de la commune, l'ancien Maire Tatave, le député, l'ingénieur des forêts, le papa de Léo, haut fonctionnaire parisien, l'architecte auteur des plans de l'usine et de très nombreux habitants qui voulaient montrer leur reconnaissance à Marin et à leur nouveau Maire Archibald.

Ce jour de cérémonie commençait par une messe dite à la mémoire de Marin par le père Célestin, puis la foule se dirigeait vers la place où Monsieur le Maire présentait un vibrant hommage de témoignages et d'éloges à ce cher Marin disparu, avant que le Maire Archibald, le député et Côme le sculpteur, dévoilent la première plaque gravée selon les termes choisis soit : « Place Marin, Notaire, Philanthrope », puis c'était au tour de Tatave ancien maire et vieil ami de Marin de dévoiler d'autres plaques avec diverses personnalités.

Archibald invitait ensuite le public à se rendre à l'entreprise de scierie pour l'inauguration de l'usine où Tatave, le Député, l'Architecte et l'Ingénieur des forêts coupaient le traditionnel ruban à l'entrée de l'entreprise qui désormais s'appelait **« ÉTABLISSEMENTS MARIN »,**

en hommage à l'ex-propriétaire des lieux puis les participants étaient invités à visiter l'ensemble des installations, tous surpris par les importantes machines modernes et la qualité des pièces de bois réalisées qui avaient un succès considérable et vendues très cher.

Un vin d'honneur pour tout les invités clôturait cette manifestation sur la « Place Marin », servi par la maman d'Ambroise, la bistrotière du marché.

A l'issue de cette brillante cérémonie c'était le chef d'entreprise Archibald qui invitait à un déjeuner privé au Grand Hôtel de la Gare les personnalités officielles et autres invités dont ses parents, cousins, copains d'école, son ami styliste Léo, qui pour la circonstance lui avait taillé « un costume » d'une grande élégance, mais aussi tout le personnel de l'exploitation et de l'usine, sans oublier ses locataires, Juliette et

Joseph, les époux Jules et Marie Dusancy, ses malheureux paysans qui ne comprenaient pas comment ils pouvaient se retrouver eux-aussi à une telle invitation avec tous ces gens hauts placés, et puis il y avait également les parents de Côme, eux-aussi petits paysans chez qui il allait autrefois, si fiers de leur fils également.

Ces improbables invités éprouvaient une joie et un honneur démesurés voyant ici la véritable générosité du cœur du personnage Archibald, tout à l'image de son philanthrope Marin.

A l'issue de ce jour d'un inoubliable souvenir, chacun repartait dans sa vie et à sa tâche après de chaleureux et innombrables remerciements adressés à Archibald.

- VIE au VILLAGE -

Le village s'animait toujours plus chaque matin où l'on croisait des employés partants au travail et qui allaient parfois boire un café Place Marin chez la bistrotière comme ils l'appelaient tous. Archibald en rencontrait en se rendant lui aussi à son bureau alors que le papa Nono allait prendre ses belles fonctions de contre-maître à l'exploitation de la forêt et au fonctionnement de la scierie. Il avait la charge également de la réception des clients, de veiller à l'exécution des commandes, de la qualité de la production et des expéditions.

La famille était très heureuse, Yoyo préparait en cuisine de bons petits plats pour son cher fils et son époux Nono avant de rejoindre Margot à son magasin. Le dimanche après la messe, toute la famille avec l'inséparable Jason et quelques invités qui pouvaient être aussi des gens défavorisés de la commune étaient réunis à une table conviviale et chaleureuse avec tout le sens de l'altruisme de Archibald.

La vie se poursuivait avec les rendez-vous du jeudi à la chorale qui se renouvelait avec des jeunes du village et des environs afin de participer aux activités du groupe et à l'ambiance fraternelle que voulait Archibald, voyant chaque jour une autre part de son rêve se réaliser.

Ainsi était la vie au village, dans la joie de vivre avec chaque année ses festivités rituelles dont la Fête de la Rosière et le concours du plus grand buveur d'eau.

Les choristes participaient régulièrement aux animations locales et des communes voisines avec Bébert et Lulu dans leurs facéties renouvelées, se faisant toujours animateurs même si comme chacun ils supportaient les conséquences du temps et des années qui passent, car cela faisait maintenant près de vingt cinq années de présence sédentaire.

Autrefois disaient-ils nous arrivions en roulottes, c'était beau et drôle mais le cheval Porthos est mort cet hiver, et Athos était trop âgé et malade.

Mais voilà, il n'y avait pas que les chevaux à être vieillissants, Bébert avait plus de soixante cinq ans, Nono frôlait la soixantaine ainsi que Yoyo, Margot en étant assez proche, seul Lulu était quinquagénaire devant Archibald et ses trente quatre années.

C'est pour cela que Bébert dit un jour qu'il commençait à trop fatiguer à manipuler tous les jours ses lourdes charges de charbon et de bois et qu'il envisageait de prendre du recul en donnant plus de responsabilités à celui qui le secondait, et embaucherait un nouvel employé. Archibald, homme au grand cœur entendait ses propos, ainsi que ses parents.

Silencieusement il réfléchissait puis un soir leur disait « Vous avez entendus Bébert nous dire être fatigué et j'ai pensé que nous pourrions nous aussi prendre un autre employé pour travailler à la forêt ce qui aiderait Bébert», Nono répondait à son fils que ce serait là une bonne idée, mais que lui-aussi aurait besoin de l'aide précieuse d'une autre personne en charge de recevoir les clients et gérer les papiers.

La cause était entendue, Archibald demandait à son père d'embaucher de suite un jeune homme de la commune pour le seconder et qu'il allait s'occuper du recrutement d'une secrétaire pour donner du travail à une femme du village ou des environs proches.

Il faisait part de ces informations à Bébert qui le remerciait et que lui aussi embaucherait un jeune d'ici.

Le Maire affichait à la porte de la Mairie ces offres d'emplois, les candidatures étaient vite nombreuses, les hommes faisant le choix de leurs nouveaux employés parmi les candidats.

Archibald avait très rapidement une étonnante surprise en voyant Monsieur Paul, l'instituteur, venir le rencontrer pour lui dire que sa fille, secrétaire dans une importante entreprise de Clermont-Ferrand souhaiterait revenir à Vic ou dans la région pour travailler.

Dix jours plus tard la jeune femme, elle s'appelait Grâce, présentait ses références et qualifications devant Archibald et Nono qui la connaissaient très peu et disaient lui donner une réponse après avoir entendues deux autres candidates des environs.

C'est Grâce qui était retenue par ses références, ses compétences, mais aussi par reconnaissance et par confiance en Monsieur Paul, son maître d'école tant apprécié, pour prendre place dans les bureaux des Établissements Marin.

Grâce était une jeune femme née au village, sensible à la nature, aux plantes, aux fleurs et aux arbres dont elle en connaissait de très nombreuses variétés.

Rapidement elle maîtrisait pleinement ses attributions de bureau, faisait progressivement connaissance avec les clients, les fournisseurs. Nono lui enseignait les différents éléments et produits réalisés, poutres, chevrons, linteaux et autres bastaings, etc..., ainsi que la couleur des essences de bois commercialisés, leurs qualités, leurs défauts, leurs usages.

Grâce apprenait soigneusement cette formation qu'elle retenait avec plaisir et intérêt, car en plus d'être une excellente secrétaire-comptable, elle se montrait une redoutable gestionnaire à la grande satisfaction de son patron Archibald qui pouvait se libérer de quelques préoccupations et retrouver un peu plus de temps qui lui était précieux à sa fonction de maire.

Désormais tout était parfaitement en place dans ces entreprises pour le bonheur de cette famille d'ex-saltimbanques qui voyait cette époque révolue et d'un temps désormais lointain.

Au repas d'un dimanche sans invité, Bébert disait qu'il venait de vendre sa roulotte à un homme qui faisait des promenades de touristes, alors que Nono disait lui s'inquiéter de la santé de son cheval Athos. Archibald enchaînait pour dire qu'il souhaiterait amener leur roulotte au fond du parc en souvenir d'autrefois et de leurs racines à la vie du voyage.

Il disait encore qu'il demanderait à son ami Côme de lui sculpter un buste de Marin en pierre de Crazannes et que celui-ci serait installé au fond du parc, près de leur roulotte, symbolisant la demeure d'un temps passé avec la reconnaissance à Marin, son bienfaiteur.

Chacun approuvait pleinement cette touchante attention et félicitait Archibald pour la pensée et le respect de cette époque où ils avaient connus des joies, des pleurs, des regrets, mais aussi des satisfactions et de belles rencontres dans cette autre vie.

Yoyo évoquait de nombreux voyages, dont un qui lui tenait à cœur, celui de la Provence avec ce joli baptême aux Saintes-Maries-de-la-Mer, qu'un jour elle aimerait tant revoir.

Le repas terminé la famille se retrouvait dans le parc où les échanges se poursuivait gaiement et c'est Margot qui taquinait une nouvelle fois son cher filleul avec sa charmante secrétaire, Grâce, belle comme une déesse qui, disait-elle, portait si bien son très joli nom.

Archibald rougissait un peu en souriant, mais restait silencieux sur ce sujet, puis arrivait la fin de ce beau dimanche.

- RENDEZ-VOUS à L'EXPLOITATION -

En ce lundi matin le patron Archibald était à l'entrée des établissements pour saluer chaque employé et échanger quelques mots avant de faire le point de la semaine au bureau avec Grâce qui présentait les commandes en cours de fabrications, livraisons et celles en attentes à cause des retards d'approvisionnements.

Nono précisait que des billes de bois allaient arriver aujourd'hui ou demain.

Très bien répondait Archibald et qu'en est-il du matériel à main pour les ouvriers, sont-ils tous en bon état ou est-ce que tu dois en prévoir de nouveaux ? Ce à quoi il répondait « je vais faire le point dans la semaine avec les ouvriers, nous en reparlerons la semaine prochaine », d'accord répondait Archibald et maintenant Grâce nous allons faire le point sur la comptabilité.

Nono se retirait pour rejoindre les employés de la scierie. Grâce présentait aussitôt les pièces comptables que Archibald analysait avec sa secrétaire, la félicitant d'abord pour le parfum qu'elle portait sur elle avant de se dire satisfait de l'excellente tenue des documents et des pièces comptables qui montraient une très belle rentabilité de l'Entreprise.

Archibald la remerciait pour la qualité de son travail, alors que Grâce disait tout son plaisir d'être à son service pour collaborer à cette belle entreprise où elle se sentait parfaitement bien, dans la confiance et la convivialité de chacun.

Touché par l'expression de ses sentiments, Archibald à l'âme sensible, lui disait avant de partir, « permettez-moi Grâce de renouveler mes compliments et puis-je me permettre de vous embrasser pour vous témoigner toute ma satisfaction » ? « oui, bien sûr Monsieur, avec plaisir ».

Après ce baiser un peu prolongé, que le père soupçonneux et dissimulé n'avait pas manqué d'apercevoir, Archibald rejoignait son bureau de Directeur-adjoint, très heureux de cet instant et envoûté par le doux parfum de sa secrétaire réjouie, elle aussi, de ce délicieux moment.

Grâce était une très jolie jeune femme, de longs cheveux blonds, des yeux en amandes d'un joli vert-émeraude, faisant de son visage un océan de beauté.

Un peu plus grande que Archibald resté d'une taille moyenne, elle était un plus jeune que lui n'ayant pas été en classe en même temps à l'école de son papa, Monsieur Paul.

Monsieur le Directeur-adjoint reprenait ses esprits et son travail tout en se réservant des projets pour un proche avenir.

L'activité de ce jeune maire était débordante mais il aimait cette hyper activité.

Le jour était maintenant proche où il allait faire distribuer gratuitement par le transporteur du pays avec ses chevaux, le bois de chauffage qu'il avait promis aux plus nécessiteux, un geste qui allait être salué par toute la population avant Noël pour passer un bon hiver.

Dans son entreprise personnelle ses liens se resserraient de plus en plus avec sa secrétaire qui ne cherchait pas à fuir, jusqu'au jour où ils tombaient dans les bras de l'un de l'autre, leur amour ne pouvant plus se dissimuler seul à seul mais restait extrêmement discret devant quiconque, même Nono.

Puis un jour Archibald dit à sa maman qu'il souhaiterait inviter pour le dimanche suivant, Monsieur Paul, son épouse et sa fille Grâce, sa secrétaire. Yoyo se disait d'accord évidemment, son fils, propriétaire, étant le maître des lieux.

L'invitation était acceptée avec plaisir, Grâce se disait même impatiente devant ses parents d'un tel déjeuner pour mieux connaître cette maison. D'une parfaite complicité les amoureux étaient d'une entière discrétion et au lever des verres de l'apéritif, Archibald debout près de sa secrétaire annonçait que Grâce et lui étaient amoureux de l'un de l'autre et s'aimaient tendrement depuis quelques temps déjà.

Des parents très surpris qui disaient n'avoir jamais rien remarqué, sauf Nono resté discret, félicitaient ces beaux et gentils jeunes gens par de vives embrassades de la famille et de l'ami Jason, puis enfin Archibald pouvait échanger un long et délicieux baiser avec sa très jolie et adorable Grâce, lui offrant alors un bouquet de douze roses blanches qu'il avait su dissimuler et qu'elle acceptait avec une grande délicatesse et des yeux brillants d'amour devant les familles réjouies.

Yoyo et Nono souhaitaient la bienvenue à Grâce qui apportait beaucoup de bonheur au sein de la famille. Ils disaient à leur fils qu'en sa personne, Grâce serait sa fortune d'amour.

Grâce était une femme merveilleuse, une déesse de beauté de corps, d'esprit, de cœur.

Margot disait qu'elle était fière de son filleul et heureuse d'accueillir Grâce dans son cœur.

Les échanges allaient bon train pendant le repas où l'on voyait Paul, papa de Grâce enthousiaste et réjoui, un peu comme un vainqueur d'étape dans cette relation entre sa fille et ce garçon qu'il avait toujours profondément apprécié.

Ce fut pour chacun une merveilleuse journée où on leur demandait rapidement qu'elles étaient leurs intentions pour le proche avenir, ce à quoi ils répondaient d'une même voix en souriant, nous y réfléchissons, « préparez vous », ajoutait gentiment Grâce.

La nouvelle se répandait très rapidement au village, « Monsieur le Maire est amoureux de Grâce la fille de Monsieur Paul » entendait-on dans les rues de Vic, et « quel beau couple ils formeront, ils sont si beaux et généreux ».

A chaque instant Archibald était sollicité pour lui demander « à quand le mariage Monsieur le Maire ? » et lui de répondre simplement qu'il ne savait pas.

La vie se poursuivait pour chacun tandis que des habitants spéculaient déjà sur la date la plus opportune de leur mariage ce qui amusait les intéressés.

Ils laissaient passer encore un peu de temps et les rigueurs de l'hiver pour arrêter la date et les festivités du mariage, puis un jour ils décidaient d'une date demeurée confidentielle jusqu'à ce jour de printemps où se sont les parents de Grâce qui recevaient la famille à déjeuner.

Archibald arrivait quelques instants plus tard avec cette fois un bouquet de neuf roses rouges à la main qu'il offrait à cette délicieuse beauté en demandant « Grâce, je t'offre ce bouquet de roses pour te demander si tu veux m'épouser ».

La séduisante Grâce, laissait couler une larme de bonheur sur sa joue et embrassait son bel amoureux en lui disant, « Oui Archibald, je veux t'épouser ».

Le bonheur et les félicitations se renouvelaient, et c'est Grâce qui annonçait pleine de joie, « notre mariage sera le vingt et un août comme le souhaite Archibald, jour de Sainte Grâce ».

Les familles se réjouissaient en disant qu'il n'y avait plus de temps à perdre et on évoquait les multiples préparatifs.

Sous le chaud soleil de ce vingt et un août, Archibald, Maire, était uni à Grâce par Auguste maire-adjoint et ami sous les applaudissements nourris des invités et des nombreux habitants venus féliciter leur Maire et voir la jolie mariée Grâce, rayonnante de bonheur, de beauté et de lumière dans sa longue robe blanche qui défilait sous les acclamations de « Vive la mariée, Vive Archibald, Vive Monsieur le Maire » avant de rejoindre l'église Sain-Pierre en haut du village où le Père Célestin était heureux d'accueillir ces jeunes mariés.

Une messe exceptionnelle était célébrée par le Père Célestin qui bénissait ces enfants du village, du catéchisme et de la chorale, avant que tout ce monde ne se rende Place Marin où était servi le vin d'honneur aux invités et très nombreux habitants de la commune, dont ses employés qui avaient eu trois jours de congé.
Grâce ayant peu de famille ce cercle demeurait restreint mais ils avaient invités leurs proches amis et copains d'école, Léo venu de Paris, la chorale, les employés, les locataires et un joli couple peu fortuné du village avec leurs deux enfants choisis par Monsieur le Maire pour

tenir la traîne de la robe de la mariée et en faire les « enfants d'honneur » de Grâce pour toute la cérémonie, et aux quels ils avaient offerts de très jolis vêtements pour la cérémonie et les combler de bonheur.

Une ambiance folle était assurée par Tatave le violonneux, Mabel, dit Bébel l'accordéoneux, le copain d'école Côme à la cabrette et les « vieux saltimbanques » qui en la circonstance retrouvaient toute leur verve d'un temps passé.

Les festivités se prolongeaient tard dans la nuit alors que les mariés avaient réussis à disparaître comme il est souvent de coutume pour ne réapparaître que le lendemain.

Ce lendemain, en cours de matinée, ils entraient triomphalement à la résidence qu'au village on appelait souvent « le château » tellement cette maison était grande et belle.

Grâce montait à l'appartement du premier étage qu'elle voyait entièrement pour la première fois au bras de son époux, découvrant alors le luxe et le confort de sa nouvelle demeure, le second étage étant réservé pour les invités et les amis.

Juliette, qui fut la gouvernante de Marin avait tenu à préparer par plaisir un magnifique déjeuner pour les familles qui cette fois étaient reçues par leurs enfants, Monsieur et Madame Archibald, afin de les remercier, dire leur joie, leur bonheur, refaire ce jour aux innombrables satisfactions.

Les jeunes époux prenaient quelques jours pour savourer l'amour des premiers temps d'union où ils pouvaient se reposer en toute tranquillité dans ce joli parc qui attendait pour un peu de temps encore le buste de feu Marin qui sera réalisé par le sculpteur et ami Côme.

Le temps du travail revenait. Archibald confiait alors plus de responsabilités à son épouse en lui disant que maintenant cette entreprise était aussi la sienne, mais restait toujours là pour l'aider et la seconder avec Nono qui assurait chaque jour un important et rigoureux travail.

Les jeunes époux se consacraient pleinement à leurs emplois, alors que d'autres observaient déjà si bientôt un bébé viendrait enchanter cette famille et réjouir le village, mais en vain.

Pour Grâce et Archibald ce n'était pas une priorité au vu de leurs fonctions et il fallait attendre le cinq décembre de l'année suivante pour que Grâce offre à son époux son plus beau cadeau de Noël, un bébé, un fils.

Archibald rempli d'émotions, de satisfactions, et de reconnaissances félicitait et remerciait sa chère épouse de lui avoir offert ce plus cadeau de la vie. Grâce éprouvait une grande joie également   et lorsque Archibald lui demandait quel prénom elle choisissait, elle lui répondait spontanément, « Marin », sachant combien ce nom lui était important, et qu'à ses yeux il était synonyme de grandeur, générosité et bonheur.

Il serrait encore plus près de lui avec émotion et tendresse son enfant, ce bébé si fragile, disant angoissé, « Marin » sera toujours un bonheur dans ma vie ».

Il donnait alors le plus affectueux des baisers à son fils qu'il reposait délicatement près de sa maman en lui disant, si tu le veux, Grâce, on ajoutera « Paul » en hommage à ton papa que j'ai toujours apprécié. « Oui » c'est gentil disait elle avec plaisir, je veux bien, alors le troisième sera « Noan» pour ton papa, ainsi Marin aura le nom de ses deux grands-pères.

Tous deux étaient comblés de joie par l'arrivée de cet enfant à l'image de leurs familles, n'ayant plus aucun mot pour exprimer le plus grand des bonheurs et le lendemain c'est un bouquet de douze roses rouges que Archibald offrait à son épouse pour la remercier de lui avoir donné ce si joli garçon.

Quelques jours plus tard Côme venait féliciter les heureux parents et leur offrait le magnifique buste de Marin posé sur sa colonne en pierre au fond du parc, près de sa roulotte.

Quels souvenirs lâchait Archibald, merci Côme disait il en l'embrassant pour ce cadeau et ce travail aussi beau et généreux que l'était Marin.

Yoyo portait une exceptionnelle attention au bien-être de Grâce en restant à la maison pour veiller sur la maman et le bébé qu'elle admirait cent fois par jour, comme Marie, la maman de Grâce, qui chaque jour venait aussi lui rendre visite.

Archibald débordé d'activités déléguait un peu plus ses fonctions en Mairie pour assurer son entreprise et son travail salarié.

Grâce qui se rétablissait au mieux disait déjà à Archibald, je souhaiterais que le baptême de Marin lui soit donné au plus tôt. Je suis tout à fait d'accord disait-il, voyons qui pourrait-être la marraine et le parrain, et si tu le veux ma chérie, j'aurais plaisir à voir le baptême de notre fils en la veillée de ce Noël 1905.

Je partage ton avis et justement demain je reçois le Père Célestin, je lui demanderai, mais qui seront parrain et marraine ?

Pour la marraine, Grâce, j'avais pensé à Flora, ta nièce, belle comme une déesse elle aussi qui adore les enfants, « c'est une très belle idée mon amour, j'y avais pensé, je te remercie de l'avoir choisie », alors chérie, qui me proposes tu pour être le parrain de notre fils ? Moi je voudrais inviter Côme, qui est quelqu'un de merveilleux, que j'apprécie beaucoup. Il était un malheureux enfant comme toi et il est devenu lui aussi un vrai personnage comme toi, par le courage, la volonté, le travail.

C'est gentil ça me touche, véritablement tu me combleras toujours d'amour ma chère Grâce et préparons nous maintenant à ce nouveau jour merveilleux.

Le Père Célestin qui se faisait vieillissant à son tour était enchanté de baptiser cet enfant le jour de la nativité, il sera disait-il, l'image vivante en notre église de la naissance de l'enfant Jésus. Quelle merveilleuse nuit de Noël vous allez offrir Grâce et Archibald à notre paroisse, je vous adore, je vous bénis.

Parrain et Marraine acceptaient les propositions très touchés de cette marque de confiance et de la mission qu'ils leur était confiée si malheur devait arriver aux parents de Marin.

C'était une grandiose veillée de Noël célébrée par le Père Célestin avec le baptême du fils de Monsieur le Maire et de Grâce qui portait son enfant dans les bras, entourés de Flora et Côme, marraine et parrain, des grands-parents et amis, des choristes meilleurs que jamais dans cette église pleine à craquer de paroissiens et de curieux.

A l'issue de la cérémonie venait la réception chez Grâce et Archibald pour un exceptionnel réveillon de mille saveurs voulu par Archibald, préparé par un maître-queux avec la plus haute attention au vu des mets et des vins choisis.

Archibald était très heureux d'avoir pu offrir à sa chère épouse, parents, familles et amis autant de bonheur pour honorer leur fils, et leur dédier cette merveilleuse nuit de Noël.

De retour à leur domicile Paul et son épouse Marie savouraient leur joie de voir Grâce aussi heureuse avec l'amour de son époux, de son fils Marin, et vivre son bonheur dans le milieu fortuné de son mari Archibald.

Je me souviens disait Paul, de son arrivée à l'école, enfant miséreux, volontaire, courageux, et le voir ainsi aujourd'hui partager sa richesse, sa générosité et son amour avec notre fille Grâce. Soyons fiers de nos enfants.

Oui Paul tu as raison, sa présence dans ta classe t'avait tellement marquée avec celle de Côme, ce pauvre enfant de paysans, et voir ces deux garçons aujourd'hui à ce niveau d'instruction et de compétence qui sont aussi le fruit du savoir que tu as su leur transmettre avec l'amour de ton métier.

Moi aussi je suis fière de ces enfants, comme je suis fière de toi Paul.

Marie embrassait alors son époux en lui disant « Joyeux Noël chéri ».

- UNE AUTRE ANNÉE -

Une nouvelle année aux traditionnels échanges de vœux avaient un autre sens de la famille, de la joie, du bonheur partagé avec l'arrivée de cet enfant.

Archibald accompagné de son épouse Grâce reprenait ses pleines activités et recevait pour présenter les vœux du Maire à la population, le Conseil Municipal, les Personnalités et Sociétés Locales ainsi que de nombreux habitants très touchés de cet honneur qu'ils ne connaissaient pas jusqu'alors, mais dans l'esprit de générosité que Archibald savait faire preuve, car cette réception suivie d'un vin d'honneur se tenait au Grand Hôtel de la Gare, sur ses propres deniers.

Le temps des cérémonies et réceptions passé, Archibald se livrait sans compter, refusant que Grâce se rende à son travail pendant plusieurs semaines encore afin de poursuivre son repos et rester près de son enfant. C'est alors que Marie, sa maman, ancienne secrétaire de la mairie, se proposait de venir à son bureau d'entreprise pour apporter son aide aux écritures et à Nono, qui lui aussi redoublait d'efforts.

Archibald acceptait volontiers la proposition, remerciant vivement sa belle-maman, ravie de collaborer à leur entreprise.

Alors s'écoulaient pour Grâce les dernières semaines de l'hiver avant de voir se présenter les premières fleurs du jardin qu'elle fera voir à son fils et qui viendront décorer ce parc où la famille pourra savourer son bonheur dans l'ombre des grands arbres et le regard du buste de pierre de Marin.

Grâce reprenait son travail, les commandes étaient toujours plus nombreuses à la scierie, alors Marie proposait de venir aider Grâce de temps en temps et de veiller à la maison sur Marin afin que Yoyo se rende plus librement à son magasin.

Archibald acceptait avec satisfaction ces nouvelles dispositions car il exerçait toujours ses fonctions aux Thermes d'où il consultait très secrètement quelques fiches car les progrès étaient toujours plus importants dans ces années de Belle Époque et portait une attention particulière aux progrès de l'automobile à moteur, puis un jour il faisait une découverte extraordinaire à ses yeux sur une automobile Peugeot avec un moteur à essence.

Avec ses importantes possibilités financières, Archibald achetait cette belle automobile pour l'offrir à sa chère Grâce le jour de sa fête, qui sera aussi leur second anniversaire de mariage.

Le vingt et un août l'automobile était livrée chez Archibald qui invitait avec plaisir son épouse à le rejoindre dans la cour et de lui dire, alors qu'elle regardait cette chose curieuse, « Grâce, ma chérie, je t'offre cette automobile pour te fêter « Sainte Grâce » et notre second anniversaire de mariage ». La jeune femme était dans un rêve qu'elle ne connaissait pas, qu'elle ne pouvait imaginer, lui disant encore:

«J'ai choisi ce modèle spécialement pour toi parce que le modèle de cette automobile rouge s'appelle « Peugeot Bébé 1905 », pour mieux t'honorer encore ainsi que ce fils que tu m'as donné en ce cinq décembre 1905 ».

Grâce ne savait que dire, elle serrait très fort dans ses bras ce généreux époux, le couvrait de baisers sans pouvoir mesurer la réalité de ce cadeau, mais comment faire demandait-elle pour que je conduise cela, ne t'inquiètes pas chérie je te ferai voir ce n'est pas compliqué.

Paul et Marie, ses parents étaient stupéfaits que son époux soit aussi attentif et reconnaissant avec ce cadeau d'une telle valeur à son épouse.

Les parents de Archibald et de Grâce étaient débordants de joie, se confondant dans une totale communion d'idées et de sentiments que leurs enfants, jeunes époux, se partageaient.

Au village il y avait autant de curiosité que d'étonnement avec, « Monsieur le Maire à offert une automobile rouge avec un moteur à essence à Grâce ». On avait jamais vu ça, alors les premiers passages de Grâce dans les rues surprenaient, les gens se rangeaient vite sur les trottoirs tout en applaudissant aux passages de « Madame Archibald », dont on entendait souvent parler au village mais toujours avec bienveillance par l'amour d'autrui de Archibald comme de ce couple maintenant bien connu.

Un tel véhicule était en effet le premier dans les rues de Vic et de vieilles dames se souvenaient en disant, « et dire qu'on a vu ce gamin là en loques grelotter de froid sur la place du marché, puis aujourd'hui il est riche, Maire, toujours bien costumé, mais toujours aussi courageux, gentil et généreux ».

Pour faire face à encore plus de demandes, Archibald devait agrandir une nouvelle fois son entreprise, contraint à quitter prochainement les Thermes pour se consacrer au côté de sa tendre épouse uniquement à son établissement et aux affaires municipales.

Les Établissements Marin sont agrandis, de nouveaux ouvriers sont embauchés, mais voilà, Bébert a bientôt soixante sept ans et commence à être très fatigué par l'important travail de son commerce devenu entreprise et les volumes de matériaux manipulés chaque jour.

C'est alors que Archibald lui conseillait de vendre son activité à son chef de chantier et venir de temps en temps travailler s'il le voulait pour aider Nono aux livraisons ou à la forêt pour gérer les nouvelles plantations et leur environnement. Bébert disait à son cousin qu'il avait encore raison, qu'il allait suivre le conseil sans attendre, demain je cède mon affaire.

Il ajoutait, nous avons acheté notre maison avec Margot et Lulu et puis avec la vente du chantier et la boutique de Margot nous aurons de quoi bien vivre grâce à toi qui nous appris à lire et à écrire, même si je n'étais pas d'accord au début ce que je regrette beaucoup, tu as toujours été intelligent, de bons sens et de bons conseils. Archibald, « tu es un très bel homme, je te rends hommage, je te dois tout, merci Archibald » disait Bébert.

« Il suffit Bébert, tu ne me dois rien, ce que tu possèdes tu l'as gagné, si je t'ai aidé, j'en suis satisfait, soyons toujours heureux et unis » lui répondait Archibald.

- UN PATRON -

Le Directeur-Adjoint à mis fin à ses fonctions pour être un chef d'entreprise à part entière dans ses établissements toujours plus grands.

Maintenant c'est un Archibald, patron, qui va s'employer à développer encore plus ses ventes et pour cela il va se rapprocher de son ami Côme, de son entreprise de maçonnerie et de pierres de taille, pour unir leurs compétences et leurs efforts dans la construction ainsi que dans la rénovation de grands bâtiments.

Les résultats ne se font pas attendre pour les deux entrepreneurs de pointe du village avec des carnets de commandes remplis, assurant du travail pour les ouvriers pour plusieurs mois.

Pendant ce temps le bébé Marin grandissait remplissant de joie chaque jour ses parents, ses grands-parents, sa marraine Flora souvent présente pour promener avec la plus grande attention son filleul Marin dans son landau bleu, ou le tenir sur ses genoux pour aller avec l'automobile rouge vers une belle promenade en forêt et y respirer ses multiples et saines odeurs.

Au retour de son bureau de l'entreprise ou de la Mairie, le papa Archibald aimait prendre dans ses bras son enfant aux yeux d'émeraude, beau comme un ange avec son visage d'une invraisemblable ressemblance à celui de sa maman, le couvrir de baisers et jouer quelques temps pour entendre ses rires aux éclats devant sa maman resplendissante de bonheur.

Les années se poursuivront dans ce même état d'esprit jusqu'à ce jour où déjà arrivait la première rentrée scolaire avec une maîtresse car ce n'était pas le grand-père Paul, encore instituteur pour quelques temps qui recevait cet enfant après les petites larmes de la maman à la première séparation de son enfant qui ne pouvait croire que les années étaient passées aussi vite.

Après les premiers débuts de scolarité il fallait passer dans un cours plus élevé, et c'est à ce moment là, en 1913, que Monsieur Paul mettait fin à ses brillantes fonctions.

Marin poursuivait alors son chemin d'écolier en demeurant toujours le petit-fils de l'ancien instituteur.

L'année qui marquait la rentrée de Marin vers plus d'enseignement allait hélas être une année de nombreux et regrettables évènements.

Il faisait beau et chaud dans ce bel été 1914, nombreux étaient les curistes et touristes entourés des Monts d'Auvergne, ravis des promenades en calèches ou sur les sentiers piétonniers en bordure de falaises ou de rivières, dans la joie de vivre tout simplement.

Un rendez-vous avec Monsieur le Maire avait été demandé, qui acceptait de recevoir cette personne et se retrouvait alors face à Bertille, qu'évidemment il reconnaissait.

Bertille engageait la conversation en disant qu'elle était arrivée hier soir et que sans attendre elle souhaitait le rencontrer pour lui dire ses regrets de leur éloignement. Elle lui disait encore ses soucis avec ses parents, que sa situation était très difficile, sans qualification ni emploi, un petit cachet de temps à autre pour chanter, dont elle n'éprouvait plus aucun plaisir dans ce milieu comme dans la vie. Elle disait encore qu'elle avait toujours de tendres pensées pour lui et combien elle serait heureuse de pouvoir le retrouver comme autrefois.

Archibald l'écoutait poliment mais répondait,
« Je suis désolé des problèmes qui émaillent ta
vie aujourd'hui, comme autrefois. Je te précise
que je suis marié depuis dix ans, comblé de
bonheur avec une épouse merveilleuse et papa
d'un très joli garçon qui s'appelle Marin ».

A la fin de ces mots on frappait fort à la porte
du bureau. Monsieur le Maire ouvrait et voyait
alors deux gendarmes se présenter devant lui
pour annoncer, « Monsieur le Maire, nous
sommes le Lundi 3 Août 1914 et à dix huit
heures l'Allemagne à déclaré la guerre à la
France, voici l'ordre de mobilisation ».
« Mon dieu s'écriait Archibald qui entendait
déjà le tocsin résonner dans le village comme
partout ailleurs, quel malheur pour notre pays »
bien sûr Monsieur le Maire, mais nous devons
continuer notre mission, et ils s'en allaient.
Archibald disait mettre fin à son entretien avec
Bertille en précisant, « désolé mais je ne peux
rien faire pour toi et maintenant je dois me
rendre sur la Place Marin ou la population va se
rassembler, mon devoir est d'être avec eux ».
« Je te comprends Archibald, je t'aimerai
toujours, maintenant c'est la guerre, il va falloir

aider nos soldats, alors demain je m'engage et me porte volontaire à la Croix-Rouge pour leur porter secours sur le front dès qu'ils auront besoin, adieu Archibald » et Bertille s'en allait les yeux noyés dans les larmes.

Monsieur le Maire arrivait sur la place où une foule importante s'était rassemblée en quelques minutes, chacun s'interrogeant de savoir s'il serait mobilisé, des réfractaires se manifestaient immédiatement, mais quelques jours plus tard le village était vidé d'une grande partie de ses hommes, certains très attristés tandis que d'autres disaient que tout ça sera vite terminé, nous serons bientôt de retour. Hélas il en sera tout autrement dans la plus grande horreur.

Dans les familles ont se comptaient, qui est parti, qui doit encore partir, quand, ?

Archibald vivait un énorme déchirement avec le départ des hommes jeunes de la campagne toute proche des moissons, du village avec ses ouvriers, des jeunes pères de famille et un peu plus tard ses copains d'école, puis son cousin Lulu qui se portait volontaire pour défendre son pays.

Au-delà des limites d'âge Nono et Bébert n'étaient pas mobilisables, mais son ami Côme devait partir un jour en laissant son entreprise à son père avec un ancien et vieil employé, ainsi que Auguste le quincaillier et Georges le menuisier, seul Jules le boulanger était exempté du départ pour continuer à faire du pain et nourrir la population, Archibald ayant été réformé par sa plus petite taille.

La vie se réorganisait tant bien que mal, l'entraide et la solidarité étaient totales, la nourriture était un peu restreinte parfois mais dans cette campagne il y avait toujours quelque chose à manger.

Dans son entreprise Archibald avait vu partir des ouvriers, l'activité se réduisait par l'arrêt de nombreux chantiers, cependant des femmes se proposaient courageusement et Grâce acceptait quelques embauches pour leur venir en aide, certaines étant désormais sans aune ressource, tandis-que d'autres apportaient leur aide pour travailler aux champs avec leur même courage exemplaire afin d'avoir quelques produits pour alimenter leurs enfants.

La vie était maintenant suspendue aux nouvelles du front toujours plus difficiles où leurs êtres chers combattaient avec courage.

La première victime allait être très rapidement annoncée à Monsieur le Maire avec la mort de son cousin Lulu engagé volontaire tombé hélas dès le 6 septembre, au deuxième jour de la bataille de la Marne.

Archibald était effondré comme toute la famille et les habitants du village qui se joignaient à eux dans cette guerre qui se poursuivra dans des conditions toujours plus difficiles pour ces hommes qui bientôt survivaient comme ils pouvaient dans des conditions inhumaines, couverts de poux au fond de tranchées peuplées de rats, tantôt dans l'ennui lors des périodes calmes et sans combats avant de subir des déluges de feu et d'atrocités en tous genres.

Archibald, comme son épouse Grâce, exemples d'amour d'autrui et de bonheur de vivre étaient extrêmement malheureux de ce temps là, le décès de villageois s'ajoutant aux autres peines au fil des semaines et des mois avec notamment Juliette, gouvernante de Marin, puis du Père Célestin devenu très âgé.

Ce couple était profondément marqué par ces drames qui les touchaient droit au cœur avec leur grande sensibilité. Fort heureusement un bonheur était chaque jour présent avec Marin, enfant joyeux et hypersensible qui sans cesse exprimait son amour à ses parents.

Le Maire recevait des échanges d'informations sur les combattants de la commune, apprenant ainsi que Auguste le quincaillier et Georges, menuisier, ensemble dans les tranchées avaient tous deux été gravement blessés en décembre 1916 à Verdun et demeuraient hospitalisés avant leur rapatriement.

D'autres enfants de la commune avaient aussi des blessures mais demeuraient aux combats.

Très proche ami de Archibald, le tailleur de pierre Côme faisait parvenir un courrier de temps à autre pour donner de ses nouvelles et embrasser son filleul Marin à qui il pensait chaque jour, se disant être très affaibli, victime des difficiles conditions des tranchées comme ses camarades, mais qu'il allait bien quand même.

Au printemps 1917, les blessés rentraient au village avec musettes sur le dos et béquilles sous les bras, amputés d'une jambe pour l'un, d'un pied et d'une grave blessure au visage pour l'autre, se refusant tous deux à faire un quelconque commentaire sur ce qu'ils avaient connus.

Après des mois de cauchemars et de repos ils reprenaient progressivement forces et courage dans leur travail au mieux de leurs possibilités. Auguste dans sa quincaillerie avec une jambe en moins et Georges dans son atelier de menuiserie, un pied coupé et un visage déformé que certains ne voulaient plus regarder, même si cela était au prix de leur liberté disait son ami Archibald.

Arrivera alors une autre année où l'on voyait sur le calendrier des postes à l'honneur des combattants, 1918, sans imaginer qu'elle marquerait la fin des hostilités, et c'est ainsi que l'ami Côme et autres hommes rentraient au village accueillis en héros par leurs épouses, leurs parents, leurs enfants, leurs amis.

Monsieur le Maire honorait de sa présence le retour de ces êtres, tels des squelettes, que l'on reconnaissaient parfois difficilement par leur maigreur ou leurs blessures inavouées dans leurs lettres que souvent ils faisaient écrire par un ami.

Archibald portait une extrême attention à tous ces gens, faisant souvent preuve de gestes généreux, mais c'est aussi au niveau de sa commune qu'il voulait que cette aide et cette reconnaissance s'organisent au plus vite et dès Noël Monsieur le Maire faisait distribuer un colis de nourriture dans les foyers où un combattant était rentré où était tombé, outre le bois de chauffage que les Établissements Marin, offraient chaque année aux plus démunis.

Lentement mais progressivement la vie reprenait son cours, pourtant une préoccupation obsédait le Maire, faire élever un monument en l'honneur des combattants et des morts de 1914-1918, sans oublier les victimes de 1870, et sur lequel on lirait entre autres noms,

« Volontaire Lulu, 6 septembre 1914 ».

La municipalité obtenait une subvention de l'état et le 11 Novembre 1920 cet édifice était inauguré en présence des rescapés dans un vibrant hommage de la population, des enfants des écoles et de Monsieur le Maire dans un exceptionnel discours.

Au premier dimanche qu'il fût possible, Archibald et Grâce recevaient Côme, qui avait repris un peu de force et de goût à la vie, à déjeuner pour fêter l'anniversaire de son filleul Marin avec la présence de la marraine Flora et des familles.

Côme, demeuré célibataire avait ce jour là un véritable coup de foudre à la rencontre de Flora qui se montrait tout autant séduite par le courage de cet ami, de ce héros, la beauté de son cœur, comme la beauté de ses réalisations artisanales.

Il fallait attendre peu de temps pour que ces deux amis deviennent complices et amoureux à la plus grande joie de Grâce et Archibald.

Plusieurs années étaient donc passées depuis le baptême de Marin et tous deux n'attendaient pas longtemps pour célébrer leur union devant le Maire Archibald qui félicitait avec une joie particulière ces nouveaux époux et le bonheur de retrouver son ami Côme de retour de guerre, au sein de sa famille.

Marin avait déjà quatorze ans, passionné par le bois, la nature et l'entreprise de ses parents qui auraient souhaités le voir poursuivre des études comme eux, mais avec la guerre Marin refusait de les quitter après son Certificat d'Études Primaires disant qu'ils étaient ses meilleurs professeurs de par leurs connaissances avec le complément d'instruction que son grand-père Paul lui apportait.

Ainsi Marin qui était un solide garçon, aidait au bureau sa maman mais aussi à la scierie son grand-père Nono qui avait près de soixante dix ans et pour qui son travail devenait trop pénible, alors il se faisait « professeur » dans son domaine, faisant de son petit-fils un employé modèle qui s'impliquait sans réserve et apportait des idées nouvelles par un sens très développé de l'observation.

Son papa Archibald se réjouissait du comportement de son fils et de l'intérêt qu'il portait à l'entreprise familiale.

Deux ans plus tard il acceptait de reprendre des études au lycée le plus proche pour deux ou trois ans, partageant son temps en alternance entre ces cours et l'entreprise.

Après cette formation que ses parents avaient appréciée, le garçon décidait de faire son service militaire afin de se libérer de cette obligation au plus tôt en ce temps sans guerre où de grands progrès apportaient de nouvelles techniques qu'il avait l'intention de mettre en œuvre à l'entreprise dès son retour.

Enfant devenu homme au même état d'esprit généreux, dévoué, au caractère bien trempé et ambitieux, il faisait une préparation militaire spéciale lui apportant un supplément de connaissances qui faisaient de cet enfant un Officier de l'Armée Française et une fierté pour les familles, à l'exception de Bébert, désormais âgé de près de quatre vingts ans, devenu vieillard, qui hélas décédait quelques mois après, ainsi que la si gentille Margot.

Archibald n'avait plus que ses parents de soixante dix ans qu'il voulait voir rester à la résidence pour profiter d'un vrai repos en toute tranquillité, gérant son entreprise avec sa chère épouse dans une même passion.

Au retour de son service militaire, Marin reprenait avec enthousiasme son travail faisant part de ses nouvelles découvertes et de son souhait de les appliquer pour améliorer le site et augmenter encore sa rentabilité.

Marin n'était plus le bébé ni le petit garçon mais un homme de vingt deux ans, ambitieux, qui voulait apporter son aide et sa bienveillante contribution à ses parents et à la bonne marche de l'usine.

De nouveaux aménagements étaient réalisés sur les idées de Marin pour augmenter la production car les travaux de constructions et reconstructions les plus divers demandaient une importante quantité de bois.

Les investissements portaient leurs fruits sans attendre, il fallait encore recruter de nouveaux employés à la grande satisfaction de Marin qui mesurait l'importance de cette usine née du courage de son papa et développée dans l'amour de ses parents.

Archibald et Grâce étaient très fiers de leur fils, lui confiant de plus en plus de responsabilités afin de le voir assurer une succession déjà envisagée, car tout d'abord Archibald voulait quitter son mandat de Maire aux prochaines élections après plus de vingt cinq années au service du village et de la population.

Après il souhaitait confier la totalité de son entreprise « Établissements Marin » à son fils et savourer au-delà de toute espérance, une vie de pleine sérénité près de sa très chère épouse

Grâce dans un amour aussi grand que celui du premier jour.

Tous deux faisaient part de leurs intentions à Marin qui n'osait penser de telles suggestions.

L'enfant restait étonné, les remerciait de leur confiance en leur demandant toutefois de rester encore quelque temps à la direction avant de cesser toutes leurs fonctions, y compris celle de Maire.

Ils acceptaient de continuer pour un temps car Archibald voyait son papa Nono décliner de jour en jour. Son épuisement ne durait que trop peu de temps emporté au cours d'une nuit dans son sommeil. Yoyo très attachée à son homme Nono ne pouvait accepter le départ de son mari. Profondément démoralisée elle s'abandonnait à un total découragement malgré les soutiens de son fils et de tous, puis elle allait rejoindre très vite son cher Nono.

Archibald et Grâce affectés au plus profond du cœur par ces disparitions aussi douloureuses que rapprochées, souhaitaient désormais se retirer des affaires et de la fonction de Maire dès l'année suivante.

Marin refusait de s'engager dans une fonction municipale et avec surprise c'était Côme qui se proposait à assumer cette lourde tâche.

Archibald était ravi de céder son fauteuil à son copain d'école, ce fils de malheureux paysans devenu brillant artisan, ancien combattant, pour le voir accéder à cette belle fonction et devenir « Monsieur le Maire ».

Ce jour tant attendu étant enfin arrivé avec le sentiment d'avoir réalisé son rêve comme lui avait dit Monsieur Marin, Archibald consacrait son temps au seul plaisir de vivre avec Grâce, sa tendre épouse, et l'amour qu'elle lui donnait pour que chaque jour soit un jour de bonheur.

Désormais libres de toutes obligations, son premier souhait était d'offrir un voyage vers la capitale pour emmener Grâce une dizaine de jours dans ce Paris qu'elle ne connaissait pas jusqu'alors, et revoir son ami Léo dans son atelier de styliste. Grâce était enchantée de faire ce voyage et tous deux partaient trois jours plus tard. Elle savourait les paysages qui défilaient comme Archibald les avait connus autrefois, puis c'était le même étonnement à l'arrivée dans cette gare parisienne qu'il trouvait beaucoup changée, son dernier passage étant déjà assez lointain. Grâce était ébahie, émerveillée dès les premières images qui se présentaient à sa vue, ces rues si grandes, ces boulevards bordés de grands et beaux immeubles, ces bruits, ces rues animées, ces autobus, etc. dont celui qui les conduisait à ce bel hôtel où Marin séjournait à son époque et à celle où il venait le voir quand il était étudiant.

Après le voyage toujours assez long, fatiguant, ils s'accordaient le reste de la journée à se reposer, se rendant seulement au proche Lycée que Archibald avait fréquenté pour effectuer ses études.

Grâce savourait cette découverte, félicitant son cher mari dont elle était si fière et amoureuse, avant d'apprécier le service de ce prestigieux établissement de haute renommée.

Le lendemain matin son ami Léo les rejoignait à l'hôtel pour se rendre d'abord tous les trois au Champ de Mars afin que Grâce découvre dans le plus grand émerveillement de ses jolis yeux, la « Tour Eiffel » dont elle avait tant entendu parler, dans sa réalité.

Merveilleuse, extraordinaire, quand je pense mon chéri que tu as appris et travaillé dans une telle entreprise, le succès qu'est le tien est à la hauteur de cet édifice, je te félicite encore » disait-elle en l'embrassant chaleureusement.

Après une longue visite ils se rendaient tout naturellement à la célèbre Butte Montmartre.

Les deux hommes se revoyaient étudiants mais aujourd'hui c'était Grâce qui découvrait cette Place, ses animations, ses peintres, différents, mais toujours talentueux, et le Sacré-Cœur qui les dominait.

Le déjeuner était inévitable en ce lieu où cette femme débordante d'enthousiasme découvrait tout Paris devant elle, à ses pieds.

La visite de la basilique s'imposait tout autant assortie d'un profond recueillement pour leurs chers parents disparus, puis avant de quitter ce lieu magique aux ruelles étroites et colorées, Archibald invitait son épouse à choisir une toile de maître en souvenir de ce jour.

Le soir venu c'était au « Moulin Rouge » où Archibald avait chanté, que Léo les invitait à dîner au cours d'une soirée cabaret.

Grâce disait alors, « Léo vous me faites vivre un jour de rêve aussi beau que le rêve de

Archibald, je vous remercie de tout mon cœur c'est merveilleux», et lui de répondre « J'en suis très heureux Grâce, merci chère amie ».

Au lendemain de ces visites c'est sur le bord de Seine et les quais des bouquinistes où l'étudiant Archibald aimait venir fouiner à la recherche de quelques perles rares qu'il emmenait sa charmante épouse toujours aussi réjouie de ces découvertes, avant de se retrouver sur l'Île de la Cité et s'émerveiller dans une immense émotion face à la Cathédrale Notre-Dame de Paris, dédiée à la Vierge Marie.

Archibald ne pouvait résister à ce moment là d'interpréter de sa belle voix son Avé Maria.

A son écoute Grâce était extrèmement émue puis, comme elle le désirait, ils visitaient longuement en se tenant par la main cette merveilleuse cathédrale avant de s'unir tous les deux dans une longue et profonde prière.

Leur séjour parisien se poursuivra encore une dizaine de jours ce qui permettra à l'ancien étudiant et chanteur de conduire sa séduisante épouse vers les plus célèbres monuments de Paris ainsi que vers l'atelier de Léo afin d'offrir à Grâce une robe de haute couture digne de son charme et de l'amour qu'elle lui donne chaque jour. C'est une femme comblée de joie qui se prête aux essayages jusqu'au choix du modèle final et de la couleur harmonisés à sa personne. Quelques jours plus tard c'était le retour à Vic et au Pays des Monts d'Auvergne, mais le dernier soir Archibald avait veillé à inviter Léo à dîner au restaurant où tous deux avaient leurs habitudes au temps des études qu'ils refaisaient ce soir là devant Grâce, très amusée.

Dans le train du retour sa réjouissance extrême se lisait dans ses yeux illuminés par les images étincelantes de son voyage.

Arrivés à leur résidence, Grâce n'avait cesse de raconter à son fils tout ce qu'elle avait vu, ses joies ressenties par toutes ses belles et grandes découvertes avant le retour à la vie quotidienne et les nouvelles de l'entreprise que le fils Marin donnait à son père.

Pour enchaîner tous les évènements de sa vie depuis son miraculeux héritage, Archibald, comme son épouse n'avaient jamais pu profiter de longs voyages, même après leur mariage qui n'avait pas été suivi d'un « voyage de noces », mais d'une lourde charge de travail.

Alors Archibald proposait à Grâce de se rendre par le train aux Saintes-Maries-de-la-Mer et s'offrir une quinzaine de jours pour visiter la Provence que sa maman avait tant aimée et souhaiter revoir.

Grâce acceptait ravie ce nouveau voyage qui sera pour son époux une forme de pèlerinage, et pour elle, de merveilleuses découvertes.

Ce « voyage de noces » ils le réalisaient une vingtaine d'années plus tard avec les mêmes sentiments, la même passion amoureuse pour se rendre d'abord aux Saintes-Maries-de-la-Mer.

A son arrivée Archibald avait la gorge serrée par une profonde émotion lorsqu'il apercevait le sanctuaire des Saintes. Grâce ne voyait que l'étendue d'eau paisible de la mer méditerranée à sa couleur de bleu azur qu'elle regardait avec une grande admiration.

Tous deux se rendaient sans plus attendre à l'église Notre-Dame-de-la-Mer où Archibald se revoyait en petit enfant qu'il était dans les bras de sa maman, filant droit à la crypte de Sainte Sarah, la Vierge Noire, la Vierge des Gens du Voyage pour recevoir le baptême.

Devant la statue Archibald se mettait à genoux, son épouse en faisait autant s'empressant de le serrer près d'elle pour mieux s'unir dans une totale communion de prières à Sarah, à ses parents, à Margot sa marraine, Lulu son parrain tombé au front et le cousin Bébert.

Ayant déposé son bouquet de fleurs blanches au pied de la statue, ils se retiraient et passaient ensuite devant Marie Jacobé et Marie Salomé, chrétiennes persécutées qui seraient arrivées, selon une version, de Palestine avec Sarah leur servante égyptienne sur une embarcation de fortune et sans gouvernail sur la plage des Saintes.

A leur arrivée Marie Jacobé et Marie Salomé convertirent à leur foi chrétienne les gitans qui parcouraient les lagunes de Camargue.

Archibald était personnellement très touché par les instants qu'il venait de vivre, retrouvait une indestructible partie de ses racines qu'il n'avait jamais reniées et mesurait la longueur de son chemin depuis son baptême avant d'arriver ce jour au bras de sa chère épouse devant la plage de sable blanc, imaginant encore la troupe des misérables saltimbanques pénétrer dans l'eau de la mer, puis offrir un spectacle gratuit aux Saintais et aux touristes.

Les époux en voyage de «Noces de porcelaine» regagnaient leur hôtel avec sa chambre sur vue mer que Archibald avait offerte à Grâce avant de repartir deux jours plus tard à la découverte des sublimes paysages provençaux qu'il dédiait à sa maman.

Sa mémoire remplie de souvenirs, « l'Enfant du Voyage » faisait découvrir à son épouse toutes les splendeurs de couleurs, d'odeurs, de saveurs qu'offrait chaque jour cette Provence avec ses monts, ses vallées, ses falaises, ses champs d'oliviers, ses villages, ses ruelles et ses places aux riches monuments devant lesquels la troupe de saltimbanques s'installait dans la chaleur et l'exceptionnelle lumière de ce ciel provençal.

Grâce sera chaque jour émerveillée de ces découvertes où de nombreux artistes, peintres, auteurs, compositeurs, séjournaient souvent.

Archibald la conduisait ensuite à travers la Camargue à la découverte des flamands roses, de ses magnifiques chevaux gris montés par les gardians des manades, ces élevages de taureaux sauvages, puis arrivait le jour du retour avec une épouse rayonnante de joie, éblouie par les inoubliables images des routes que Archibald « enfant du voyage » avait connues bien misérablement.

De retour de ce long voyage, tous deux se reposaient dans leur confortable propriété, savourant les multiples satisfactions de leur séjour provençal.

Chaque jour leur était un jour de bonheur, retrouvant leur fils pour déjeuner ou dîner car au décès de Juliette et Joseph, Archibald avait fait réaliser de gros travaux dans leur maison et c'est Marin qui avait préféré y habiter plutôt que venir au domicile de ses parents.

Ils vivaient ainsi leur retraite dans une parfaite tranquillité et le meilleur des mondes mais un jour …..... arrivait une nouvelle guerre.

Côme avait en charge de faire ce que Archibald avait connu, ancien combattant et victime de nombreuses conséquences, il était désormais réformé, mais c'était Marin, Officier, qui devait rejoindre sa caserne au plus tôt comme tant d'autres hommes, dont plusieurs employés de son entreprise.

Ses parents, comme les autres, étaient révoltés de devoir revivre ce qu'ils avaient connus vingt ans plus tôt. Marin n'imaginait pas se soustraire à ses obligations et se soumettait sans réserve, à l'ordre de mobilisation après avoir pris toutes les dispositions utiles avec ses parents pour conduire l'entreprise.

Archibald avait près de soixante cinq ans mais reprenait les commandes d'une main de maître malgré les techniques modernes qui n'étaient plus les siennes et les personnels qu'il fallait remplacer puis de nouveau former parmi les très jeunes hommes, et des femmes toujours aussi courageuses qui une fois de plus étaient sans ressource, mais là, Archibald savait faire, les mêmes causes produisant les mêmes effets.

L'inquiétude des parents de Marin était grande comme celle de chaque famille dès les premiers combats, mais c'est en officier prisonnier que le Lieutenant Marin allait bientôt se trouver en situation.

Plus tard ses parents envoyaient régulièrement colis alimentaires et lettres de soutien, aidant de leur générosité coutumière les plus démunis pour un meilleur bien être de leurs proches.

Ainsi se poursuivra une trop longue période avant de voir le retour de ces nouveaux héros accueillis par Monsieur le Maire Côme et la population, fleurs à la main, dans un mélange de joie, d'angoisses et larmes de bonheur, ou de grande tristesse pour d'autres.

Grâce et Archibald retrouvaient eux-aussi leur fils qu'ils serraient très fort dans leur bras avec une immense et chaleureuse joie, se refusant à tout propos, alors que d'autres, les yeux noyés de larmes n'avaient personne à accueillir et à embrasser sur le quai de la gare.

Archibald rempli d'admiration pour son fils lui laissait tout le temps nécessaire à son repos, mais celui-ci, courageux et volontaire à l'image de la famille, reprenait rapidement avec encore plus d'ardeur et de passion la direction de son entreprise et de son exploitation forestière qui n'avaient pas connues de graves préjudices.

Il réorganisait au mieux son personnel avant le retour d'une importante activité pour satisfaire les besoins d'éléments en bois les plus divers aux entreprises qui auront à réaliser toutes ces réparations et reconstructions d'après guerre.

Archibald et Grâce retrouvaient enfin les joies de la vie et du repos dans une totale sérénité.

Confortablement posés sur leur banc d'osier offert un jour par Lulu et que Archibald avait installé dans l'ombre des grands arbres du parc, ils étaient souvent enlacés par un bras que Grâce aimait passer autour de son époux pour le serrer plus fortement près de son cœur.

Ils admiraient alors le ciel, les arbres, le chant des oiseaux, les massifs de fleurs aux chaudes et vives couleurs, la roulotte de saltimbanques avec ses milliers de souvenirs, le buste de Monsieur Marin posé sur sa colonne en pierre veillant vers eux pour que chaque jour soit un jour et pour toujours, un monde d'amour, d'amitié, de fraternité et de paix.

Archibald voyait de là, avec satisfaction, que le vœu de Monsieur Marin avait été exaucé, qu'il avait réalisé son impensable rêve, le rêve d'une nuit d'enfant, le rêve de «l'Enfant du Voyage».

Quatrième de couverture

Archibald, enfant du voyage analphabète, décide un jour à l'issue d'un rêve enfantin, de vouloir apprendre à lire et à écrire pour avoir un bon métier, gagner beaucoup d'argent, aider ses parents pour les voir plus heureux et bien manger tous les jours.

Courageux et volontaire, avec l'aide d'un généreux philanthrope il deviendra un enfant instruit réalisant une vie au-delà de son rêve.

Il exercera d'importantes fonctions, puis un jour il rencontrera l'amour dans les bras d'une femme belle comme une déesse.

Il connaîtra les honneurs, la fortune, mais aura toujours le grand souci d'humilité, de générosité et d'altruisme.